青春不需点击率

意林·新文学发展中心 ◎编

吉林摄影出版社

·长春·

图书在版编目（CIP）数据

青春不需点击率 / 意林·新文学发展中心编. -- 长春：吉林摄影出版社, 2019.8
（意林. 励志青春馆）
ISBN 978-7-5498-4221-6

Ⅰ.①青… Ⅱ.①意… Ⅲ.①故事—作品集—中国—当代 Ⅳ.①I247.81

中国版本图书馆CIP数据核字(2019)第170468号

青春不需点击率
QINGCHUN BU XU DIANJI LÜ

出 版 人	孙洪军
总 策 划	安 雅 张 星
责任编辑	吴 晶
图书统筹	夏耳耳 啾 啾
特约编辑	张玉玲
绘 图	imiko君
书籍装帧	马骁尧
图书设计	袁 萌
开 本	880mm×1230mm 1/32
字 数	400千字
印 张	8
版 次	2019年8月第1版
印 次	2019年8月第1次印刷

出 版	吉林摄影出版社
发 行	吉林摄影出版社
地 址	长春市净月高新技术产业开发区福祉大路龙腾国际大厦A座17楼 邮编：130117
电 话	总编办：0431-81629821 发行科：0431-81629829
网 址	www.jlsycbs.net
经 销	全国各地新华书店
印 刷	嘉业印刷（天津）有限公司
书 号	ISBN 978-7-5498-4221-6　　　　定价：32.80元

版权所有　侵权必究
如发现印装质量问题，请与印务部联系退换，电话：010-51908584

致那段平凡而光荣的岁月

◎意林·新文学发展中心

《青春不需点击率》是意林·新文学发展中心全新推出的"励志青春"文集，它面向13-28岁的群体，以校园为背景，精选13篇优质文章，用温暖感人、积极向上的青春故事，唤起大家学生时代的美好回忆。

人生中有这样一段时光，它青葱、质朴、简单，蓬勃、朝气、绚烂，就像夏日午后的阳光，剔透而灿烂。

这段时期我们称之为"青少年时期"，它亦有一个好听的名字，叫"青春"。

提起"青春"，想必大多数人的第一反应是电影中那些轰轰烈烈的桥段，亦或是小说中那些跌宕起伏的情节。

有一个像是从漫画里走出来的帅气同桌，有一群跟自己志同道合的死党，有看似普通实则深藏不露的老师，有在职场上混得风生水起的父母……

当然，这样的青春不是不存在，只是对于绝大多数人而言，学生时代的生活，要平凡普通许多。

我们穿着统一的宽袖阔腿裤运动风校服，留着清一色的短发。

每天于晨曦中赶往学校，夜晚披星戴月而归。

课本是我们的密友，还要时不时和试卷作战！

为了理想的大学，为了向往的明天，我们忍受着"教室""食堂""宿舍"三点一线的枯燥生活。

你看，这才是我们大多数人的青春，"普通而平凡"的青春，没有那么多的轰轰烈烈，也没有那么多的跌宕起伏，有的只是为了梦想和明天而奋战的平淡和孤寂。

可是，我们能因此而否认这段时光的存在，否认青春的色彩吗？

不，不能。

虽然我们经历着这样的平凡青春，但不得不承认，它是我们人生中最美好的一段时光，褪去了幼年时的懵懂和无知，又没有浸染社会上的世俗和现实。

这个时候的我们，年轻、质朴、纯净、无畏。

敢希冀，敢幻想，敢直面现实的人生，敢迎接未知的挑战。

厌恶考试，却不会放弃高考最后一道习题；

没有像漫画里走出来的帅气同学，却轰轰烈烈地搬桌子，挪书本，计算着与你的距离；

会在清晨朗朗的读书中打瞌睡，也会在热血高昂的高考誓词中觉醒……

再也没有比这个时期的我们更纯真无畏了，坚信着美好，向往着明天；

再也没有比这个时期的我们更斗志昂扬了，一腔热血，坚定地向前。

这是最好的时光，也是最好的我们。

而这，正是我们做这本书的初衷，想向你们传达的青春的意义。

如果把青春比作一篇文章，我们就是这篇文章的写作者，以时光为笔，青春为名，将我们的故事书写成篇，也许没有跌宕起伏的故事情节，但里面的每一个字，每一句话，每一个场景，都是我们无比真实的青春。它没有用华丽的辞藻去修饰，却无处不透着质朴和真诚。

也许这篇文章并没有太多人关注，也没有太多的点击量和傲人的数据，但对于我们来说，已经足够了。

青春不需要火爆的点击率，因为我们就是最好的读者；

青春也不需要太大的关注度，只要我们在乎的人一直关注着我们就行。

这就是我们质朴又明媚的青春，平凡而光荣的岁月。

目录

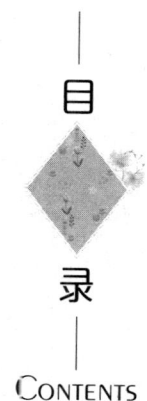

CONTENTS

第 1 章
/001

平凡的我们，
拥有一个秘密，
叫青春的欢喜

《鱼与白玉兰》　文 / 韩十三

第 2 章
/029

我爱的，
是我的青春
和年少的我们

《夏阳满山，少年燃》　文 / 龟心似贱

《送你一株小月光》　文 / 禧年

《斐然的早餐》　文 / 李洋洋

/087

你对我笑了,
然后有一朵花
在我心头悄悄盛开

《遇见你时,星星落满肩头》 文 / 蒋临水

《幸而遇见你,余生多欢喜》 文 / 林桑榆

《橙海》 文 / 溺紫

/141

你知道吗?
有一个少年,
全世界无可匹敌

《从前从前》 文 / 李明尔

《假如梦的尽头是你身旁》 文 / 遥淼

《唯余豆蔻守孤城》 文 / 薏苡薇

/195

最好的我们,
被留在了
那个夏天

《下次告别,请悄悄回头》 文 / 蘑菇味桃子

《只为南鱼座闪耀》 文 / 轻寒

《请送别我》 文 / 栖何意

平凡的我们，拥有一个秘密，
叫青春的欢喜

第一章

鱼与白玉兰

鱼与白玉兰

文/韩十三

1. 男孩笑着伸出细长好看的右手,中指第一个骨节处有明黄色的油彩

青竹巷里那棵巨大的白玉兰开放时,曲小溪把在暖房里养了一整个冬天的热带鱼全都搬到了街上来。

她穿着校服,坐在整整齐齐地码在摊位上的鱼缸的后面,低头看着鱼缸里一尾尾桃花鱼眉开眼笑。

阳光从枝叶间零星洒下,树荫下的吴奶奶正在用针线将箩筐里淡黄色的含笑花蕾穿成项链,以五块钱一串的价格向路人兜售。

空气里,满满都是玉兰和含笑的清甜芳香。

我将单车停在玉兰树下,从车筐里抱出方形的玻璃鱼缸:"上次买你的鱼又死光了,再给我挑几条吧。"

曲小溪无奈地摇了摇头。

这已经是我第二次来她这里买鱼了,可惜她不知道,那只是我

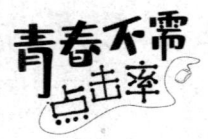

接近她的借口罢了。曲小溪是青竹巷的"巷花",是开在玉兰树最顶端触不可及的花骨朵,自卑如我,必须用这种看起来再自然不过的方式跟她认识。

曲小溪把从大玻璃缸底部捞出来的两条清道夫丢进我的鱼缸:"你还是养清道夫吧,热带鱼你养不了的。"

她胸口的校徽闪着光,眉宇间满是失望。

"这玩意养大了能吃吗?"

我把鱼缸举过头顶,逆着阳光盯着里面两条吸在玻璃上的虎斑清道夫左瞧右瞧。我的话明显让曲小溪有些生气了,她跳着脚,想要把鱼从我手中抢回去。

争抢之中,曲小溪的脑袋磕到了我的手肘上,她捂着脑袋,吃痛地退后一步,恶狠狠地威胁我:"秦征,以后不卖鱼给你了!"

清道夫五块钱一条,我把十块钱丢到鱼摊上,将鱼缸放进车筐,骑车吹着口哨一溜烟地驶出了青竹巷,在巷口还差点儿撞翻了张大爷的米糕摊。

"长点儿心吧,大征!"

在张大爷的叫骂声中,一直躲在街角的陈飞冲出来,用那只像馒头一样的胖手猛地按住我的车把,鱼缸里溅出的水就要泼到他刚买的球鞋上,体态臃肿的陈飞动作却很敏捷,连忙向后跳了一步,看着车筐里的鱼缸,一脸不悦地对我道:"我家的鱼缸都快被你塞满了,你跟曲小溪搭讪能不能采取点儿新鲜的方式啊?"

我瞥了瞥鱼缸里的清道夫,没脸没皮地狡辩:"这次不同,这次我买的是清道夫,能帮你清理鱼缸。"

"是你的鱼缸!"

陈飞加重了语气,朝我翻了翻白眼,不由分说地跳上我的单车,

第一章

鱼与白玉兰

压得后座咯吱作响。

有求于人的我正欲奋力蹬起单车送陈飞和清道夫回他家,却看见一个跟我们年龄相仿的男孩骑着单车停到我们旁边。

"请问,这附近有租房子的吗?最好在那棵玉兰花树附近。"

那男孩穿着跟曲小溪一样的校服裤子,上身穿了一件白衬衫,外面套着浅灰色的羊毛坎肩,还背着一个巨大的画架,清朗的如同夏夜里的满月。

"有啊,听说小溪家正在租房子,准备把阁楼租出去。你有没有听说啊,大征?"

"多事"的张大爷把目光投向我和陈飞,我斜看那男生一眼,鼻孔里喷出一声冷哼。

"你好,我叫沈安禾。"

男孩笑着伸出好看的右手,中指第一个骨节处有明黄色的油彩。

我冷冷地看着他,迟迟没有伸过手去。

沈安禾见我没有跟他握手的意思,尴尬一笑,把手缩了回去,又指了指对面花团锦簇的玉兰树:"我想画那棵玉兰树。"

"你再去问问吧,曲小溪就在那树下卖鱼呢。"

这次轮到陈飞多嘴了,男孩谢过后,重新蹬起单车向着曲小溪的鱼摊骑去。我忍不住伸手猛掐了一下陈飞的大腿,掐得他惨叫连连。

直到我气鼓鼓地骑出青竹巷,后知后觉的陈飞才恍然大悟般地猛拍一下我的肩膀:"坏了,秦征!"

♥ 2. 在曲小溪的心目中,我只是一个连清道夫都养不活的失败者

"我调查过了,他俩都在三中,不过他比曲小溪高一届,念高三,美术特长生,之前两人并不认识。"

早餐摊上,陈飞一边掰开一次性木筷,一边向我汇报昨天探听来的情况。

这样一个星期天的早晨,喝着甜腻豆浆的我突然有点儿忧伤。

不远处,沈安禾正帮曲小溪把一个个鱼缸从破旧的小楼里摆出来,然后,在旁边支起了画架。

"那家伙确实只是来写生的?"

陈飞喝了一口豆浆,重重地点了点头:"真的!我表姐说姓沈的骄傲得很,他爸是咱们市书画协会的副会长,他在学校连个朋友都没有,而且早就通过了专业考试,只等高考结束,就去北京上美院。"

"呼……"

我长舒一口气,从餐桌上抽出一张纸巾,擦了擦嘴巴,想再去曲小溪那里买鱼,口袋里的手机却振了起来。

速回学校,三中老师来补习,叫上胖子。

信息是班长发来的,我和胖子所在的学校虽然名叫一中,师资力量跟三中相比却是云泥之别。能考进三中的,都是成绩出类拔萃的佼佼者,相当于一只脚已经跨进了大学校门。好在我们班主任跟三中的一位副校长关系好,经常在周末替我们找来三中名师补习。

我将手机放回口袋,把陈飞剩下的半碗豆浆端起来,咕咚咕咚喝了个干净:"走,回学校。"

我骑车载着陈飞从玉兰树下经过时,故意撞了一下沈安禾的画架,我看见他已经在巨大的画布上用黑色的粗线条勾勒出了玉兰树的轮廓。

"秦征,你能不能小心点儿?"

曲小溪连忙放下手上的活,跳上前来帮沈安禾扶稳即将倒下的画架,还狠狠地瞪了我一眼。看着曲小溪紧张的样子,我的心微微往下一沉,却还是伪装没心没肺地吹起了口哨。

"哟,大征生气喽!"

该死的陈飞,居然调侃我!

于是,我故意将车轮碾上路边的排水沟,颠得陈飞肥肉乱颤。

我把单车停在209路公交车站对面,和陈飞一前一后跳上了公交车,只可惜,最后一排靠窗的位置上,再没出现那个熟悉的身影。

以前,我每次坐车,都会率先冲到公交车最后面,只要那个位置上还没人,就会把自己的书包丢过去,直到看到曲小溪上车,才把书包收起来。好在一般赶第一班车的乘客都是三中和一中的学生,他们都知道我秦征有多难搞,全都敢怒不敢言。

我曾有过全青竹巷的街坊都知道我秘密的错觉,只可惜,在曲小溪的心目中,我只是一个连清道夫都养不活的失败者。

3. 那时,岁月终于教会了我们该如何权衡,如何迂回

我最不爽沈安禾每天早晚都骑车载曲小溪一起上下学。

有一次,我在家里的露台上锻炼,无意间看见曲小溪坐在沈安禾的车后座上,她微微笑着,风将她的长发吹得飞扬起来。

那一刻,我突然怀疑陈飞表姐情报的可信度了,不是说沈安禾很骄傲吗?那他干吗还要讨好房东的女儿,每天骑车载她上下学?

风越来越大,远处的云霁里传来一阵沉闷的雷声。我希望这次能下一场巨大的冰雹,把玉兰花树上的花朵全都打落,那样,沈安禾便没有留在青竹巷的理由了。曲小溪还是每天早起,坐209路公交车去三中上学。

我把哑铃丢在地上,收起晾衣绳上的校服。我们学校的校服特难看,是那种像运动装一样的红色球衣,胸口印着"云川一中"四

个白字,字体又小又别扭,很不潇洒,很不自信。而三中的校服就不同了,款式新颖,校徽闪亮。其实,我心里清楚,我的自卑,源于早就知道我和曲小溪二人必定云泥异路。

轰隆隆一阵响雷,大雨终究下了起来。

我趿拉着拖鞋走向客厅,拔下老旧收音机的伸缩天线,走到窗前推开窗子,握着天线举到雨中。我刚把天线伸出去没多久,房门就打开了,身为化纤厂电工的老爸在看到我的举动后,二话不说,冲过来一脚,将我踹到了沙发上。

是的,我承认当时自己的行为有点儿蠢,有点儿缺心眼。

事后想一想,我也不知道当时自己为什么会那么做,可能就是为了跟自己赌气吧,赌自己没那么幸运,或者没那么倒霉。

我的脑子要是好使,早就考进三中读书了。

不过,那一次的经历倒是给了我勇气——我认定未遭雷劈必有后福。

于是,天晴以后,我便抱着再次空掉的鱼缸站在曲小溪的面前。

彼时,曲小溪正在将因为大雨搬回屋子里的鱼缸重新搬出来,天气一暖,青竹巷会自发形成一个小小的夜市,有时晚上的生意比白天还要好。

那一次,我没有买曲小溪推荐的鱼,而是自己从她手中夺过小网,捞了两条浅粉色的接吻鱼。我把那两条鱼丢进自己的鱼缸里时,信誓旦旦地对一直劝我这种鱼很难养的曲小溪说:"我一定能把它们养活的,不信可以打个赌。"

曲小溪的脸上挂着自信的微笑:"那我们就打个赌!"

于是,我真的跟曲小溪打了一个赌,还故意要沈安禾做见证人,向他借了纸和笔,然后和曲小溪一同悄悄把彼此的赌约写在纸上,

第一章

鱼与白玉兰

分别叠成不同的形状，交到卖含笑项链的吴奶奶手中。吴奶奶不认字，不会拆穿我们两个人的秘密。我们以两周为期，两周后，我买回去的鱼如果还活着，便拆开我写的赌约，曲小溪必须答应我写的要求，反之亦然。

"你是见证人，到时候她要是耍赖，你得替我做证。"小心翼翼抱着鱼缸的我向前一步，站在沈安禾身后，看着正画画的他冷冷地说。彼时，沈安禾还不知道我的赌约里其实写着他的名字。

沈安禾的画笔停在一朵玉兰花的花萼上，他转头看了看我，又看了看我身后的曲小溪，在用眼神征得她的同意后，漫不经心地点了点头。

我生怕这二人反悔，连忙抱着鱼缸转身快步向着家的方向走去。

没走几步，便听背后的曲小溪大声对我喊了句："记得鱼食不能喂多……"

雨后清爽的晚风中，我突然不知道曲小溪那句话的用意，到底是想要让我赢，还是单单心疼那两条接吻鱼。

♥ 4. 以后你和陈飞别再来找小溪了，她马上就要升高三了，学业很紧。

我没想过在专心养鱼的那两周的时间里会节外生枝。

我甚至还专门跑到新华书店买了两本关于如何养热带鱼的书。

我觉得自己跟沈安禾的恩怨如果能和平解决是最好的结果，天地良心，我从未怂恿陈飞去做那件事。

郁闷的是，向来都唯我马首是瞻的陈飞，那一次却变得出奇地有主意。某个周末，他居然在青竹巷夜市上搬起曲小溪的鱼缸，用满满一缸水袭击了沈安禾的画摊。

其实,那时玉兰花已开败,沈安禾已经没有留在青竹巷的理由。可是,他迟迟没有退掉曲小溪家的房子,居然还学着曲小溪在夜市上摆摊,以二十元一张的价格为游客画像,而且,还将画像得来的钱全都给了曲妈妈,用来支付每天在曲妈妈那儿蹭吃蹭喝的费用。

见他死皮赖脸地待在这里不走,陈飞终于忍不住替我这个朋友报复了一下。他还特没自知之明地代表全青竹巷的街坊四邻,对沈安禾说:"青竹巷不欢迎你!"

熙熙攘攘的青竹巷里,系着围裙挥舞着擀面杖的曲妈妈把陈飞追得鸡飞狗跳。可是,曲妈妈抓不到陈飞,不代表曲小溪找不到我。

老式筒子楼的走廊里,曲小溪把我家的房门拍得震天响。

我啃着西瓜,嬉皮笑脸地打开房门时,看见曲小溪的胸口不停起伏着,似乎很生气的样子。

"陈飞为什么欺负沈安禾?"

"咕咚"一声,我把一大口西瓜连同瓜子一同咽下去,一脸茫然地看着她,可是,她不给我解释的机会。

"以后,别来我家买鱼了!"大声吼出这句话后,曲小溪便转身向着楼梯处走去。

我记得清清楚楚,她走到楼梯口下楼之前,还回身对我喊了一句:"我最看不起你这种没胆量的男生!"

楼梯口的灯坏了,光线太暗,我看不见她脸上的表情。

当我缓过神追出去时,曲小溪已经消失在巷口。

然后,口中叼着红枣年糕的陈飞出现了,他一把拉住我的胳膊,不让我追曲小溪。曲妈妈正在气头上,此时前去,无异于自投罗网。

"你傻啊,大征,曲小溪误会你是幕后主使岂不更好?"

陈飞那话说得就跟自己多了解女孩子似的,在我的印象中,他

第一章

鱼与白玉兰

除了养过一只母猫外,并没接触过其他非血缘关系的异性。

我把目光从巷口收回来,抬高手臂,作势要打,拳头却在距离陈飞鼻头三厘米的地方停了下来,迫不及待地问道:"快……快告诉我,你是怎么替哥们儿教训那家伙的?"

……

玉兰树上最后一片花瓣飘落,我捧着两条成功存活下来的接吻鱼去找曲小溪时,接待我的是黑着脸的曲妈妈。

我的目光四下游移,寻找着曲小溪和沈安禾的影子,我不敢相信曲小溪连这么重要的赌约都忘了。

"别找了,小溪带安禾去她姥姥家写生了!"

她亲切地省略了沈安禾的姓氏,对我的语气却是冷冰冰的。

我心下一沉,抱着鱼缸的掌心出了汗,沉沉地应了一声后,极不情愿地转过身。

"大征……"

背后的曲妈妈叫我的名字,我连忙转过身去,笑嘻嘻地看着她。

"以后你和陈飞别再来找小溪了,她马上就要升高三了,学业很紧。"

见我不说话,曲妈妈似乎意识到自己刚才的话有些重,尴尬地笑了一下,又道:"沈安禾长租了我们家的房子,你也知道,老街上的旧房子很难租出去,他说他去读大学后,假期还会来这里写生。"

说到此,曲妈妈顿了一下:"安禾他爸告诉他,市政府做了规划,青竹巷几年内就会拆掉,所以,他想趁着这段时间,把巷子里的老房子还有花花草草都画下来。

"大征,你知道的,卖鱼赚不了多少钱,小溪的奶奶常年卧病在床……等小溪考上大学,还要用房租来交学费。所以,以后能不

能别让陈飞来找安禾麻烦了？我怕他被你们吓跑了。"

我知道，曲妈妈说的最后一句才是重点。

我默默地点了点头，抱着鱼缸，一步步向着远处走去。我知道没有了顶梁柱的曲家一向过得很艰难。

"很明显啦，曲阿姨是在讨好那个姓沈的，只有他这种傻瓜才会租她家房子！"从街角处钻出来的陈飞看着失魂落魄的我没好气地说道。他帮我拿鱼缸时一个没留神，掉在地上，摔了个粉碎，只剩下两条接吻鱼在泥水里"啪嗒啪嗒"地拍打着坚硬的地面。

我恶狠狠地瞪着陈飞，手忙脚乱地将那两条鱼捡起来，放在残存的一块玻璃里，火速朝着我家的方向跑去。上楼时，一条鱼差点儿跳出来，我下意识地去捂，手掌却不小心摁在锋利的玻璃缺口上，掌心被割出好长一道血口。在把两条鱼送进家门，丢进脸盆里后，我才用一条毛巾摁住伤口，在陈飞的拉扯下，向着小区诊所赶去。

我的左手掌心里缝了四针，坐在诊所里打点滴时，还听见隔壁床的大婶在议论曲小溪。

"小溪那孩子肯定能考上大学的，她成绩一直很好……"

"那有什么用？听说姓沈的那小子家境特别优越，小溪就算成绩再好，怎能跟人家相提并论呢？"

"……"

两位大婶的声音很大，完全不在乎别人是否能听见。

我最讨厌别人在背后议论曲小溪，下意识地握紧了双手，忘了手上还有伤，疼得龇牙咧嘴。

陈飞故意咳嗽了两声，想提醒隔着一层布屏风的两位，只可惜对方依然没有停下来的意思。

第一章

鱼与白玉兰

我终于忍无可忍,在猛地拔掉手背上的针头后,猛踹了一下屏风,没想到那屏风如此弱不禁风,居然直接向对面拍倒过去,砸在那两位大婶的身上。

于是,第二天,整个青竹巷的人都知道秦征为了替曲小溪出气,把一位大婶的额头撞出一个大包,尽管那个"大包"如豌豆般大小,几乎可以忽略不计。

5. 其实,我没有怪曲小溪,我难过的是,我们还打了一个赌,我养的鱼还活着,她却似乎不想认账了。

流言蜚语中,曲小溪开始有意躲着我了。

也许真的因为学业太忙,她很少再出现在鱼摊。我和陈飞爬到我家楼顶用各种自制器械锻炼身体的时候,偶尔能远远地看见沈安禾在曲家阁楼的小露台上画画的情形——巨大的榕树树冠将半个露台遮了起来,曲小溪就坐在他身后的树荫下,聚精会神地写作业。我把用枕套做成的沙袋当成沈安禾,拳如雨下。

"马上就放暑假了,那家伙暑假后就要去大学报到,我们很快就可以摆脱他了。"

见我一脸沮丧,陈飞将汽水塞给我,拍了拍我的肩膀。

两天前,我去楼下买豆腐时,曾在豆腐摊前遇到过曲小溪。看见我后,原本笑意盈盈的她立马黑了脸,拎着豆腐快速与我擦肩而过,卖豆腐的陈伯伯找的零钱都忘了拿。

"大征啊,别怪她,人家跟你不一样,她是女孩子,脸皮比较薄。"

陈伯伯一边递给我豆腐,一边低声对我说。

其实,我没有怪曲小溪,我难过的是,我们还打了一个赌,我养的鱼还活着,她却似乎不想认账了。

一口气喝光陈飞递过来的汽水,我蹲在地上大口大口地喘着粗气,豆大的汗珠从鼻头滴落。我看着自己的影子,许久,猛地站起身来,盯着陈飞一字一顿地说道:"从此以后我们骑车上学,正好,你也可以减肥!"

陈飞张了张嘴,明显是想要骂我,最终却摇了摇头,把话吞回了肚子里。

从青竹巷到三中只有三站不到,要骑车去一中却将近十公里。

他一定觉得我疯了,所以才不敢跟我这个"疯子"讲道理。

好在,我们学校不上早自习,与曲小溪他们一同出发的话,赶到学校也不会迟到。以前,我和陈飞坐车去学校,因为要跟曲小溪赶同一班公交车,每次都会早到半小时。

被大卡车碾轧得坑坑洼洼的柏油路上,我和陈飞一人一辆单车,远远跟在沈安禾的后面。

曲小溪像是把我们当成了空气,始终未曾回头看一眼。几天的时间里,我们都相安无事。我们尾随沈安禾去三中时,还在三中门口的光荣榜上看到了沈安禾的照片,他跟其他几位艺术生被艺术学院提前录取,是三中重点宣传对象,而且在光荣榜的一侧,还贴着另外一张海报。海报上说,在7月,沈安禾会在市美术馆举行画展,画展的名字叫作"老城与青春"。不得不说,他日子选得很好,因为那时候高考已经结束了,所以会有很多同学去捧场。

曲小溪肯定也会去吧?我们班长曾告诉过我,很多女孩对男孩的欣赏都源于崇拜,他说他在幼儿园上大班时,中班的一个小女孩就特别崇拜他,经常偷偷送他棒棒糖和从妈妈凉鞋上抠下来的水钻。

所以,我必须做些什么了。

第一章
鱼与白玉兰

"还不是因为他爸？要不然他一个高中生凭什么能去美术馆开画展啊！"嚼着口香糖的陈飞愤愤地说道。

想来，沈安禾是在我们第五次尾随他的时候，主动跟我搭话的。他将单车停在路边，示意曲小溪站到路边等，自己缓缓向我走了过来。我本以为自己练了好久的拳脚终于能派上用场了，只可惜，他却从口袋里摸索了半天，掏出两张入场券递到我面前："7月我开画展，送你们两张入场券。"

我定定地看着满面笑意的沈安禾，又抬头看了看不远处一直紧张地看向这边的曲小溪，最终，缓缓地接过了那两张入场券。我想，有了入场券，想要搞破坏的话应该容易些。

我将入场券揣进校服裤子口袋里时，背后的陈飞猛戳了我一下，似乎是在怪我不争气，他哪里知道我心里到底是怎么想的。

那一天，我还客客气气地对沈安禾说了"谢谢"，希望用这种方式来麻痹他。可是，曲小溪却看穿了一切，因为，当天晚上，她就找到了我。

"你真的要去看沈安禾的画展？"

穿着一件藕荷色短袖的曲小溪一脸疑惑地看着我，脸上的表情仿佛认定我不是那么高雅的一个人。我拍了拍装着入场券的口袋，重重地点了点头："不去白不去！"

曲小溪轻轻地叹了口气，几乎是祈求般地对我说："去可以，但是能不能不要惹事？陈飞也不要惹事。"

我低下头，故意躲避她的视线。

"喵，我在你心中就这么坏吗？你……"

许久，我抬起头来，歪着脑袋，一脸浑不吝地看着曲小溪，话没说完，就被她打断了："你就说答不答应吧？"

我怔怔地看着曲小溪，许久才一字一顿地吼道："我答应你不去画展惹事，这下，你放心了吧？"

曲小溪似乎被我吓到了，眼圈一下子红了起来，张了张嘴，似乎想要解释什么，我却迅速转身走回房间里，"哐"地一下关上防盗门。

我听见曲小溪的声音隐约从门外传来。

她说："秦征，你养的鱼还活着吗？"

我头也不回，大声嘶吼："都死了，炖了，红烧了！"

我的赌约上写的是"赶走沈安禾"，在揭开谜底之前，似乎早已经输得一败涂地。

6. 我和陈飞把自己反锁在房间里，彻夜未眠

我没去画展闹事，答应了曲小溪，我一定会做到。

不过，我虽然答应了不去画展惹事，可不代表不在青竹巷釜底抽薪啊。

那天深夜，我提前知道了沈安禾会回家一趟，我和陈飞趁着夜色，攀着曲家墙外那棵巨大的老榕树，爬进沈安禾租住的阁楼，蹑手蹑脚地将他的所有画作都偷了出来，烧掉了。

其实，我本来只想暂时替他"保管"那些油画的，等到画展泡汤后再神不知鬼不觉地还回去。

可当我和陈飞一前一后跳下大榕树，借着手电筒的光看那些画时，我就变得不淡定了。

因为，那些油画里，除了玉兰花、老街巷、老房子外，居然还有很多曲小溪的画像。

我气得握紧双拳，双眼发红。

第一章

鱼与白玉兰

"背面好像有字。"

陈飞的手电筒照到了一幅画布的背面,我举到眼前仔细看时,才发现,那张画像的后面用铅笔写着的小字:

青竹巷,曲小溪

直到很久很久以后,我才知道,曲小溪是瞒着妈妈主动提出为沈安禾当模特的。因为她陪沈安禾回姥姥家写生时,沈安禾曾为一位老农画过像,当时给的费用很高,而曲小溪很需要在来年高考之前,凑够大学学费,她不想妈妈太劳累;直到很久很久以后,沈安禾成了国内知名的青年画家,一点儿都不高雅的我,才不得不承认当时他留在青竹巷也许真的仅仅是为了艺术。

可是,当时我的脑袋里是一团糨糊。

我把从阁楼里丢下来的画一股脑地堆在曲家小楼外的角落,骂咧咧地猛踹了几脚。陈飞很了解我,早就从口袋里掏出了从家里拿来的打火机,一脸笃定地递到我手中:"烧!烧了一了百了,看他还开什么狗屁画展。"

火越来越大,对面的街坊,有几户打开了房间里的灯。

"快跑!"

陈飞大喊一句,已经率先向着逼仄的小巷跑去,我回身看了一眼燃着的火堆,担心被街坊们抓个现行,也跟着他向着巷子里面跑去。

"嘻嘻,这下看沈安禾那小子还敢留在青竹巷?"

陈飞上气不接下气地对我说这句话时,还伸手捶了一下我的胸脯:"好样的!大征,有气魄!"

我抬起头,对他露出了一个骄傲的微笑,然而,下一秒那抹笑容便僵在了嘴角。因为,我听见了背后传来的钟声。

"坏了!"

陈飞脸上也露出了惊恐的表情,青竹巷里的居民都知道,铁钟一旦敲响,就意味着巷子里出了大事,敲钟是用来聚集街坊前去帮忙的。

我跟陈飞跳上了垃圾桶,朝钟声传来的方向看时,只见火光已经映亮了玉兰树的树冠,滚滚浓烟直升云霄。

"曲小溪家着火了!"

陈飞大叫时,我已经跳下垃圾桶,向着火光冲天的地方折返跑去。我在半路上抢了一位街坊手中的水桶,向着曲家撒腿狂奔。

在冲到曲家的老旧木楼时,我看见几十位街坊已经把小楼围得水泄不通,披着毛毯的曲小溪正搀扶着蓬头垢面的曲妈妈站在街上呆呆地望着已经燃起大火的木楼。

我不管不顾地将水桶里的水泼向大火,又搬起摆在街边的鱼缸,也不管里面还有没有鱼,一次次泼向大火。

有人拨打了119报警电话,可是青竹巷太窄,消防车进不来,等消防员扯出长长的水管并拧开水龙头时,木楼已经烧了大半。

满面焦黑的我看着陈飞,嘴巴一张一合,就像是地上那一条条努力呼吸却无法改变命运的鱼。我看见曲小溪已经哭干了眼泪,此时,正弓身把泥水里的一条红色鹦鹉鱼捧进一个完整的鱼缸里。

我想要冲过去安慰她几句,向她道歉,却被陈飞猛地拉住胳膊。

此时此刻,前来救火的街坊们若知道那场大火是因我们而起,一定会大义灭亲,把我和陈飞打得鼻青脸肿。

在陈飞的拉扯下,我一步一回头地走出满目狼藉的青竹巷。

我和陈飞把自己反锁在房间里,彻夜未眠,六月的夏夜,抖了整整一宿。

第一章

鱼与白玉兰

❤ 7. 我就那样静静地坐在灼热的柏油路面上，对着前方早已消失了踪迹的卡车，凭空说了句"再见"。

那一次，爸爸低价卖掉了单位多年前分到的一套三居室。

然后，拿着两家凑的钱和陈爸爸一起到曲家苦苦哀求曲妈妈，不要再追究我和陈飞的责任。有眼尖的街坊看见，火烧起来之前，一高一矮、一胖一瘦两个少年朝着北边逃走了，人们都知道，那是青竹巷的"哼哈二将"。

曲家一楼凌乱不堪的客厅里，爸爸从地上捡起一根烧黑的木棍，猛打我的屁股，让我给曲妈妈下跪。

我缓缓跪下去的时候，看见曲小溪哭了。

她捂着嘴巴，与我擦身而过，跑到门外，脚步声越来越小，消失在熟悉的青竹巷。

我在被烟火熏黑的水泥地上跪了很久，听见曲妈妈长叹了一口气，最终从爸爸手中接过那两张银行卡。

那，是曲家应得的。

回家后，我把自己反锁在房间里蒙着被子痛哭的时候，手机响了起来，信息是沈安禾发来的。

秦征，我可以再画的，我不怪你！

我知道我的手机号码肯定是陈飞告诉他的，我羞愧的是，沈安禾居然那么善良。

曲家是在沈安禾搬出已经不能再住人的木楼后离开青竹巷的。曲妈妈在离三中很近的地方租了一套二居室，还在附近开了一间杂货店。

曲小溪搬走那天，我没有去送，而是和陈飞站在楼顶上，偷偷

看着楼下的一切。热心肠的邻居们,把从大火里抢救出来的家什搬上一辆小卡车,扶着曲妈妈坐进副驾位,又把曲小溪扶到了车厢里。

车子从我家楼下经过时,我猛地向后缩了一下身子,躲在墙角,偷偷注视着楼下发生的一切。

我看见原本坐在车厢里的曲小溪,突然抬头看向我家窗口的方向,在发现那里空空如也后,脸上写满了失落。

一个恍惚,卡车已经驶出了巷口。

我突然转身朝着楼梯口跑去,沿着楼道一路狂奔。

我和陈飞骑上单车,沿着熙熙攘攘的马路,朝着卡车消失的方向拼命追赶。

可是,最终没能追上远去的曲小溪。

"你傻啊,秦征,自行车怎么可能追上卡车?曲小溪她家的新地址我知道,不要追了!"

陈飞在后面大喊大叫,我依然不管不顾地奋力蹬着脚踏。

他说的没错,我也知道曲小溪新家的地址,我也知道单车不可能追得上卡车。

可是,我更清楚,正是因为明明知道追不上,所以才敢追。

我有一个从曲家老楼废墟里捡来的大鱼缸,按曲小溪以前教我的方法,用防水胶往山石枯木上粘满水草,还在电工爸爸的帮助下,安装了一台小射灯,做成了一个漂亮的生态缸。我把寄养在陈飞家的那些还活着的小鱼全都接了回来,放进鱼缸里,与那两条因为贪吃长大许多的接吻鱼养在一起,五颜六色很漂亮。

我和陈飞本来都以为青竹巷里那棵被烧黑了一半的玉兰树会死掉,可是,第二年春天,它又抽出了新芽,开出了最美丽的花朵。

第一章

鱼与白玉兰

那时，曲小溪已经快高三毕业了，每天晚上都会上晚自习，很晚才回家。我和陈飞也后知后觉地开始拼命补习。

除此之外，我还在三中校门口的光荣榜上看到了曲小溪的名字，第二次摸底考试，她排全校第 16 名，这样的成绩肯定能考上一所不错的大学。

我和陈飞每次路过三中，都会用一块白色胶布把胸口的"云川一中"四个字遮起来。倒不是因为我们有多自卑，而是怕被三中其他学生看见，若是一中一胖一瘦两个学生时常出现在三中附近的消息传扬出去，曲小溪肯定第一个便会想到我们。

毕竟，青竹巷里的"哼哈二将"向来都很扎眼。

8. 我和陈飞对视一眼，试探着朝台阶上迈出了第一步，向着曾经的遥不可及，向着过往的莫名卑微，向着殿堂

2018 年 9 月，我和陈飞躺在渣土车的车斗里，仰面看着头顶的天空，从郊区工地赶回市里。

道路两旁，一座座高楼拔地而起。

我枕着胳膊，看着天空中一朵大树形状的白云，伸腿踢了踢已经成功减肥的陈飞，彼时，他已是一家工程队的车队副队长，而我，是他的顶头上司。那年高考，我们俩在陈爸爸的建议下，报考了一所大专院校的土木工程系，并且顺利毕业，进了同一家公司上班。

"你看那朵云彩像不像青竹巷里的玉兰树？"

陈飞缓缓地睁开了眼睛，眯着眼睛看了一会儿："像是像哦，只可惜青竹巷就要拆了，花树也不知会搬去哪里。"

车子颠簸了一下，硌疼了我的后背，我坐直身体，目光从云彩上收回来，长叹一声："是啊，以后青竹巷再也没有了……"

我说这句话的时候,还故作轻松地吹了一段口哨。头顶的云彩,脚下的泥土,考上大学和妈妈一起搬去武汉的曲小溪,还有扎根在云川城的我。

早在半年前,政府就动员青竹巷的全体居民迁出。当初,消息灵通的沈安禾说得没错,青竹巷终于要拆了。

车子颠簸了十几分钟后,终于停了下来,戴着黄色安全帽的司机从车窗里探出头来,对着后面的车斗大喊:"你们俩下车,美术馆到了!"

我和陈飞相视一笑,抓起一只巨大的帆布包,动作敏捷地跳下了车。

陈飞背在肩上的帆布包里,装着两套西装和两双擦得油光锃亮的皮鞋。

时尚明亮的新美术馆是我们所在的工程队承建的,更何况,我们是要去参加青年画家沈安禾的画展,所以必须穿得正式点儿,体面些。举办画展的消息是我们在新闻上看到的,这一次我们不请自来,也不知道沈安禾会不会欢迎。

我们两个人像小时候做坏事一样,偷偷溜进美术馆外的男厕,换上了崭新的西装皮鞋。

美术馆高高的台阶下的宣传栏里,是青年画家沈安禾的介绍,列举了他这些年来所得的一个个奖项。

而那次画展的名字,依然叫"老城与青春"。

我和陈飞对视一眼,试探着朝台阶上迈出了第一步,向着曾经的遥不可及,向着过往的莫名卑微,向着殿堂。

时隔多年,我终于不得不承认沈安禾的画画得很好了。

要不然,为什么我在看到那幅名叫"鱼与白玉兰"的画的时候,眼圈突然就红了呢？

画面中，身穿白色连衣裙的女孩坐在一个巨大的玻璃缸前面，背后的红色游鱼缱绻灿烂。

而在她的身边，两个骑单车的少年正飞速掠过，坐在后座上的胖子嘴里还嚼着一块米糕，单车的车轮碾过玉兰花莹润易透的花瓣，头顶是一整片触不可及的晴空。

意外的是，画面中的女孩看着骑车男孩的眼神是那样动情，那样温柔。

我想，青年画家沈安禾一定是用了嫁接的方法，把当初曲小溪看他的眼神用到了我身上。

我猛抽一下鼻子掏出手机，站远几步，拍下了那幅画。

而陈飞已经把拍好的照片发给了女友，并且在电话里大声向其吹嘘："看见了没？囡囡，这幅画里的那个胖子就是我，是我呀！"

他的声音很大，引得众人纷纷侧目。

一定是他吸引了作者的注意，所以，沈安禾才会在我们即将离开那幅画的时候，从背后迂回过来，猛拍了一下我的肩膀。

他依旧那么好看，文质彬彬，眉宇间是女生们最喜欢的忧郁神情。

他主动伸出右手，细长的中指顶端有洗不掉的油彩，一如多年前初次相见。

短暂的客套之后，我们俩几乎是异口同声："她怎么样？"

我们心知肚明，都知道对方口中的那个"她"指的是谁，脸上一样写满了疑惑。

原来，他们没有在一起。

一脸尴尬的沈安禾将我拉到一边，抬头看着对面的巨幅画卷，微微一笑："我还以为你会跟曲小溪走到一起呢，她那时很喜欢你的，

背后看你的眼神都不一样。"

说着话,他扬起头,用下巴指了指那幅《鱼与白玉兰》。

"那时,她每天都朝着巷口观望,等你带着那两条鱼来赴约,不过后来她姥姥突然病了,曲妈妈由于脱不开身,只好让曲小溪去照顾姥姥,我不放心,便一起跟了过去。曲姥姥家那边的风景也很美,而且民风淳朴,后来我还经常到那里写生。

"知道你把鱼养死的那天,曲小溪很难过,晚饭都没吃。"

说到此,沈安禾长叹一声:"那时候,真好!"

"嗯……"

我若有所思地点了点头,原来,时隔经年,我们都把她弄丢了。

"听三中老师说后来她考到了武汉,和妈妈一起搬走了。怎么,你们再也没联系?"

沈安禾把目光收回来,那一刻,我突然不敢看他的眼睛,只得把目光转向一边,耸了耸肩。好在善解人意的沈安禾没有再问,而是学着陈飞的方式,重重地拍了拍我的肩膀。

那一天,我和陈飞离开美术馆时,沈安禾送给了我们两张印着《鱼与白玉兰》的明信片。

那一天,我翻出了爸爸的通讯录,按照上面的号码打电话给青竹巷的每一位老街坊,只可惜,没有一个人有曲家的联系方式。

我把那张明信片贴在鱼缸上,对着画中的女孩轻声说:"曲小溪,青竹巷就要拆掉了,你在哪里呀?"

躲在鱼缸底部的清道夫吐了一串泡泡,仿佛在用自己的方式回应我。

从水下升起的,是美丽的虚空,是虚无的幻灭,是来不及抓紧的流年。

第一章

鱼与白玉兰

♥ 9. 每一个字都滚烫，每一个字都冰冷，每一个字都似初夏傍晚悄然飘落的玉兰花瓣，默默与一去不返的春日道别

2018年10月，市里要从我们工程队抽调三台机器参加青竹巷的拆迁工作。

我和陈飞自告奋勇，开着一辆挖掘机和一辆铲车赶到了那里。

我们用了整整一天的时间，才小心翼翼地一点点挖出了玉兰树庞大的根系，用湿毛毡裹好后，装上一辆卡车。

玉兰树是青竹巷的老街坊联名上书市政府要求留下来的，以后，它将移栽到云川最大的公园，等来年根系稳固后还要在周围建起围栏。

只要玉兰树还在，青竹巷的记忆就还在。

陈飞是在第二天拆吴奶奶家的老房子时，拆出吴奶奶藏在墙壁砖洞里的那个小铁盒的，早在两年前就已去世的吴奶奶总把宝贝藏进墙洞里。

我们在征得吴家人的同意后，打开了那个锈迹斑斑的铁盒。铁盒里整整齐齐码放着一沓旧钞票，和吴奶奶戴过的金戒指、翡翠耳环。除此之外，还有两张叠得整整齐齐的字条。一张用蓝丝线绑着，一张用红丝线绑着，吴奶奶不识字，无法分辨到底哪个是我写的，哪个是曲小溪写的，所以只能用这种方式细心地加以区别。红丝线是曲小溪写的，蓝丝线是我写的。

我长舒一口气，握紧那两张字条，走到工地外面，缓缓地打开属于曲小溪的那一张。

那是我与她多年前的一个赌约，她输了，本该打开我的谜底，只是，我好奇心太重，很想看看当年她到底写了什么。

藏在铁盒里的纸张已经泛黄，但我仿佛一回头还能看到拿着纸笔的曲小溪正微笑着站在那里。

我把字条一点点展开,一如在进行一场隆重而浩大的仪式。

我看见她娟秀好看的字体,在心中默默把那几个小字串联起来,每一个字都滚烫,每一个字都冰冷,每一个字都似初夏傍晚悄然飘落的玉兰花瓣,默默与一去不返的春日道别。

她写着:我的故事里,主角是你!

我定定地看着字条上的小字,眼睛忽然有些模糊,想要揉进自己那只有着一条疤痕的掌心里,却又连忙展开来,小心翼翼地展平,叠好,装进上衣口袋。

陈飞发现了我的异样,一脸担心地向我走来。

我本以为他会像以往一样,在我胸前重重地捶上一拳,教育我好男儿要大度,要看得开,该放就放。

可是,他举起的拳头悬空停在距离我胸口十几厘米的地方,目光越过我沾满尘土的肩头,怔怔地看向我的背后。

"你看,那女孩是不是曲小溪?"

我触电般地一下转过身,于是,便真的看见了曲小溪。

她穿着一件薄薄的驼色毛衫,手里拎着送给老街坊们的礼物,和曲妈妈肩并肩站在一起,一脸肃穆地看着已经开始拆除的青竹巷。

后来,我才知道,是沈安禾从三中老师那里找来曲小溪的联系方式,告诉她青竹巷要拆了,通知她和妈妈回来领拆迁补偿款。

但,这一切都已经不重要了。

重要的是,曲小溪重新回到了青竹巷。

而且,谜底早已被我拆穿的她还在嘴硬。

她放开曲妈妈的手,深一脚浅一脚地向我走来,站到我面前,将一份从武汉带回来的辣鸭脖塞到我怀里后,仰起下巴,狡辩道:"我来看看青竹巷,顺便看看你!"

第一章
鱼与白玉兰

笑意在她好看的酒窝处蔓延开来,眉目里开满了花朵。

我把沾满灰尘的双手使劲在裤子上蹭了又蹭,才去接她递过来的礼物。

我记得清清楚楚,在我接过礼物的时候,她轻轻握了握我的小指,抓在手中摇了几下。

她说她要回到云川了,武汉的空气太潮,有风湿病的妈妈住不惯。

而我,恰巧有一大缸五颜六色的热带鱼想要给她看。

我爱的，是我的青春和年少的我们

夏阳满山,少年燃

文／龟心似贱

真正的少年,是在阵痛的清醒过后,不因苛责而屈服,也不因彷徨而羞耻,他会站起来,掀翻过去,无惧未来。

1

闵思然被霍白叫住的时候,样子稍稍有点儿狼狈,昨晚下了场大雨,学校后门的排水管坏了,她去沦陷最严重的车棚取车的时候百般闪躲,还是溅了一裤腿的泥水,这让一贯热爱整洁的她十分懊恼,她一面皱着眉头推车,一面忍不住抱怨起天气,整个人看起来有点儿颓丧。

相比之下,霍白的样子看上去则非常扎眼,一身明黄色系的潮牌运动衣,高帮阿迪贝壳鞋雪白锃亮,头发打了发蜡,除了有型,还散发着柚子味的淡淡甜香,岂止扎眼,简直有些风骚了。

他跟几个同学约好一起滑冰,刚走出校门,大家一窝蜂跑去买

零食饮料,他便倚在一旁的栏杆上,一边照镜子臭美一边等,同学们还没回来,倒看到了那个女生,闵思然。

本来是对她没什么印象的,就像每个班集体都会有那种安静朴素、没什么性格特色的女生,无论哪方面资质都很平常,便显得索然无趣。

不过,安静归安静,女生还是有些脾气的,前几天大扫除,不知哪个男生借用了她的桌子擦玻璃,一只大脚印赫然印在她的桌布上,惹得她大发雷霆,几乎把全班男生都归类为"不讲卫生不负责任的邋遢鬼"。

说起来,班上的男生们也真是不争气,明明被她羞辱,却纷纷表示毫不在意,统统一副"邋遢就邋遢,男生就得糙"的姿态,将她的愤怒含糊带过。

霍白就是在那个时候,注意到闵思然的小洁癖,她校服衣角裤缝从来都是一丝不苟,鞋边干净,头发永远洁净干爽——不是表面上做给人看的浮夸粉饰,是那种真正对自己爱惜与看重的讲究。

这就有点儿意思了,但更有意思的是上个星期,闵思然主动找到他,一脸认真地问他愿不愿意到她组织的兴趣小组里上一堂学习英语分享课,因为大家都听说了霍白寒暑假经常随父母去欧洲度假,英语口语很好,想听他传授一些提高口语的技巧。

霍白文化课成绩普遍一般,唯独英语一枝独秀,还真是全赖之前的度假经历,让他明白语言的最大魅力是可以消除国界与年龄的沟通障碍,可以跟各种各样的人做朋友,对于当众分享,他倒是没多大兴趣,只不过闵思然郑重而诚恳的模样,让他很难拒绝,便点头答应了。

时间定在了礼拜六的下午两点,学校的课余活动室里,闵思然

仔细而贴心地将"上课"流程做了一张表格给他，开场跟结束都有主持人带动，他只需要在提问环节回答一些问题就好。

霍白能感觉到，闵思然竭尽所能地帮他把这件事情简化到极致，他乐得轻松，但在周五晚上，还是停掉了电玩时间，掏出那张表单，设想了一些可能遇到的问题，练习着以更幽默或更恰当的方式作答——

或者，说得简单些，对于这次"综艺首秀"，他是走了心的。

甚至，练到最后，才发觉自己自问自答郑重其事的样子有点儿傻，他要面对的不过是一群古板无趣的学霸，何苦钻研演讲技巧，马马虎虎糊弄一番不就得了？

但他没有想到的是，隔天下午，当他在两点钟准时赶到活动室的时候，里面竟空无一人。

搞什么？被放了鸽子？

 2

霍白不知道自己是记错了时间还是地点，或者干脆就是被人耍了——当然，后者他无论如何都不愿承认，因为不管从哪个角度来讲，他的人生都不应该出现这一幕。

所以，他压抑着疑惑，从活动室退出来，若无其事地过完了剩下的周末，在周一依然若无其事地上学，满心以为有人能主动站出来给他个解释，结果却是——闵思然似乎比他还要坦然自若，好像她从来就没有邀请他。

他耐着性子又等了两天，依然风平浪静。

就像是一场没有奖品的耐力较量，一般都是女生先败下阵，可忍无可忍的偏偏是霍白，谁让他越想越觉得窝火——即便这是一场

无聊的恶作剧,起码要让他搞清楚来龙去脉吧!

所以,他故意观察了闵思然几天,摸清了她的放学路线,故意约同学滑冰,故意支开大家去买东西,故意等在她面前十来米的距离,若有所思地看着她一步一步朝着自己走过来,一切尽在掌握中。

"闵思然,回家啊?"他主动打了个招呼,身体依然倚在栏杆上,吊儿郎当的,却很酷。

沉浸在懊恼中的女生冷不防抬头,看着样子酷酷的他,明显有些局促,口气却很漠然:"嗯,是的。"

话音落,她有些不自在地低下头。顺着她的目光,霍白看见她白色鞋子上的泥水,不禁有些暗爽,这对有着洁癖的她来说,应该是很不能忍的吧!

嗯,就好比对于重度自恋的他被放鸽子,也是大忌,所以他舒服起来,刻意笑着冲她问:"所以,是这周六上课?"

语气严肃,甚至有些危险,闵思然不禁抬头,看着面前这个帅气又有些花哨的男生,有一瞬间的恍惚,心里暗想:他,竟然是记得这件事的。

大概是两周以前。

霍白从市三中转学到这所小镇高中,要知道,两所学校的环境与实力相差太过悬殊,从来都是乡镇的好苗子往市重点三中里挤,还没听过三中的学生主动往外校转的。

"没办法,爷爷在小镇老家,身体不大好,爸妈做生意没空回来,只好让我回来陪几年。"

——这是霍白的官方回答。

因为本身经历这点儿小特殊,外加颜值过关,性格开朗,偏港味的衣品也是加分项,转校生霍白很快就成了学校里的热门人物,他带着男生们玩球滑冰打电动，跟老师插科打诨，和女孩们嘻嘻哈哈，日子过得春风得意。

小镇的少男少女性格普遍内敛，他们从未见过霍白这样的男生，先还只是好奇，后来就被调动起来，男生开始跟着他一起关注球鞋跟手游，女生们则因为他开始热衷打扮……短短几天时间，霍白俨然成了新集体的精神领袖。

这样的他，即便是平时在众人眼中有些木讷的闵思然，也不可能注意不到。只是，她一直是个不擅长主动结交朋友的姑娘，更不会无缘无故踏出自己的圈子寻求突破与改变，她默默地看着霍白和那些渴望跟他成为同类的同学潇洒恣意地挥霍青春，一面觉得幼稚无聊，一面又忍不住在心里暗暗羡慕：怎么有些人就是可以不费力气就能获得大家喜欢呢？

有一种女生，她们看似朴素文静，个性傲娇又别扭，甚至有点儿与生俱来的傲慢，但偏偏深以为荣，觉得正因为此，自己才显得跟别人不太一样。

她之所以主动"屈尊"去找霍白，不肯承认自己就是想跟他说话，而是找了个堂而皇之的理由：他英语好，如果肯来上一堂分享课，对兴趣小组的成员来说，并不是件坏事。

因此，便理直气壮、堂而皇之地走到他面前发出邀请，还做足功课将他所要负责的流程简化，实则内心紧张不已——天知道他会不会答应！天知道如果他一口拒绝，自己该有多丢脸！

嗯，反正内心戏很丰富就对了。

好在，霍白很痛快地答应了她，闵思然暗暗松了口气，故作镇定地转过身去，接下来的几天都在满怀期待地筹备着周六的交流会，情绪高涨得让她自己都有点儿瞧不起自己——嘿，不就是个吊儿郎

当的男生,有什么好在意的?

　　这件事,闵思然的确是有些在意过头,她在周六上午还特地去了镇上最大的百货店,打算去超市买些新鲜水果跟零食带到交流会上。

　　从超市出来的时候已经快到下午一点,闵思然匆忙地计算着时间,想着避免迟到,干脆直接打车去学校,可当她往停车处走的时候,却看到街对面的快餐店里,霍白正跟一群人坐在橱窗前,面前的桌子上貌似放着一个音乐播放器,上面接了四五个耳机,几个人一边听歌一边大嚼汉堡。

　　闵思然的愤怒与自我保护几乎同时启动,她一厢情愿地认定霍白会跟他的朋友一直在汉堡店待下去,他根本就没在意两个人之间的约定——因此而延伸到自己对待交流会的认真态度,觉得更加愤然,当即想到最佳的补救办法,是立刻往兴趣小组的活动群里发了条紧急通知,取消了一个小时之后的交流会。

　　"你不在意,那我就比你更不在意,免得你沾沾自喜。"——这是闵思然式的傲慢与清高。

　　但她并没有想到的是,霍白只是跟朋友们约好一起吃了顿午饭,他不仅记得她的邀请,还准时出现在了那个因被她临时取消而空无一人的活动室。

 3

　　不过,以闵思然这种倔强的脾气,她是绝对不可能跟霍白开诚布公地解释自己的小心思的,看着他略带试探的脸,干脆将计就计:"对呀,就是这个周六,下午两点,别忘了时间。"

　　说完,抿了抿嘴唇,不太自然地在他面前推车离开。

夏阳满山，少年燃

霍白歪着头，看着她别别扭扭地慢慢离开，敲敲脑袋，一会儿怀疑自己是否真的记错了时间，一会儿又猜想自己是否吃了个暗亏。

他就是不愿意相信，像闵思然这样的女生，会有对他搞恶作剧的心机。

所以，对接下来的周六，他的态度就变得有些微妙，既期待，又不愿意承认自己有所期待。

闵思然也是相同的感觉，两个人这一周都心怀鬼胎。

周六终于来了，这次闵思然没有提前去买水果，霍白也没有跟人约午饭，两个人几乎同一时间在校门口碰头，微微的尴尬与短暂的如释重负过后，淡淡地相视一笑。

出乎意料的是活动室的气氛比意料中热闹得多，主要是学霸与学渣在平日里属于毫无交集的物种，彼此缺乏了解，换一个场景与时间，霍白的风趣与健谈就显得十分亲切，学霸们的端正与严谨也显得谦逊有礼，原本一个小时的交流分享会不知不觉持续了整个下午，有几个女生还捧着莎士比亚的剧本站起来跟霍白一起分角色朗诵……看着大家毫不吝啬对自己英文发音的称赞与艳羡，霍白首次觉得，在学习方面取得的优秀，比起靠外表与个性的引人注目，好像更扎实稳妥。

毕竟，相较于外表这种与生俱来的客观条件，学习是一件相对公平的事，付出的时间、精力更考验一个人的自律与定力，取得的成绩包含太多辛苦，所以被认同的人，也更有底气。

也就是那么一瞬间，霍白忽然对眼前的氛围十分感兴趣，便在大家邀请他参加兴趣小组的时候，依从"群众的呼声"，假模假样地走过去问擦黑板的组长闵思然："您看，我能加入吗？"

闵思然在点头答应霍白的时候，心里还是有几分犹疑的，虽然

她在一场分享会中领略到了这个酷男孩潇洒恣意的风采，却并不认为，他能甩开平日里的浮华聒噪，投入到一群"好孩子"的世界。

但她低估了一个男孩子上岸的决心，没有哪个少年不喜爱在水中遨游，挥霍无度，但他终有醍醐灌顶的时候，而且一旦领悟，就绝不回头。

霍白明白，自己在原来的圈子里，可以轻而易举地成为领袖，但在兴趣小组里，论起真刀实枪的成绩，他可就没什么拿得出手的了。每个看似普通的同学都没那么简单，这个曾拿过数学竞赛冠军，那个参加过全国辩论，最牛的是一个个头小小的男生，小学的时候因为成绩优异跳过两次级！

不仅如此，学霸的世界除了埋头学习，其实没有想象中枯燥无趣，大家反而更擅长规划时间，每个人都有缤纷多彩的兴趣爱好，就拿组长闵思然来说，她对学习小语种和摄影都特别感兴趣，不仅自学了西班牙语，还为学校的科学教室拍摄了一组昆虫照片，十分生动，水准不输专业人士。

霍白表面淡定，实则在暗地里悄悄努力，想神不知鬼不觉地把自己那惨淡的成绩赶上来，这样一来，自然少了跟伙伴们玩乐的时间，他却倍感充实。

他只是把热闹的本性转换了圈子，学习小组经常在周末举办一些活动，爬山或者去公园拍昆虫，霍白几乎场场不落，跟闵思然接触多了，越发觉得这个女孩非常好玩。

她有时候待他特别冷漠，从人群中找这个那个做伴，从不靠近他；有时候又特别亲切，包里的零食从不吝惜分给他。

关于女孩子别扭生涩的少女心思，很少有男生能一眼看穿，但也不是没人能懂，比如霍白，他知道闵思然应该不至于反感自己，

要不然,她不会在他面前说起自己的梦想。

 4

"我跟你说,我有个小本子……从八九岁的时候吧,每当我想起以后要做的事情,就记在那个本子上,那上面有'学会拍照''会背五千个单词',还有'跟外国人用英语对话超过五句'……这些我已经实现了,还有'开一次赛车''坐一次热气球'什么的,都是还没有去做的……"

闵思然说这些话的那天,是学习小组的人一起爬山,她跟霍白走得快,下到半山腰的时候找了一处平坦的地方坐下,放眼俯瞰,灿烂秋阳下的树木格外青翠,山涧流水淙淙响动,闵思然也显得比平时明媚大方了许多,跟霍白越聊越起劲,一不留神就说到了自己的"梦想小本本",整个人的生趣满溢出来的时候,视线忽然对上霍白明亮温和的眼睛,一下子有点儿难为情,顿时哽住了。

霍白精准地捕捉到她的羞怯,却不想让她一味逃避疏远,便佯装自然地接着她的话说:"你跟外国人说过话?在哪里?你们都说了什么?"

"呃……"闵思然感觉到他的热切与积极,便放松下来,"是去年在大连旅游,在中山公园,一对外国情侣问我星海广场怎么走,我把路指给他们之后,他们跟我聊了几句,还夸我英语说得不错!"

"是很不错呀,我听过你的发音,更接近美式,很好听。"他由衷称赞,感觉她似乎又要陷入该死的难为情中,急忙灵机一动,冲她问,"你刚才说,你还想开赛车?"

"嗯!"提到这件事,闵思然立刻坚定许多,"我觉得女生开赛车一定很酷,只是最近……周围的条件好像不太适合去完成这个

梦想。"

"也是,我们年龄不够……"霍白忽然诡秘一笑,"不过,我可以带你去开别的车!"

霍白在下一个周末到来的时候,带闵思然去市里的休闲俱乐部开了一次卡丁车。

虽然跟赛车没法比,但宽阔的车道以及舒适的环境,还是让闵思然过了一把当车手的瘾。

还有,跟会玩的霍白在一起,一点儿后顾之忧都没有,他熟练地带她去换衣服选车,讲解操作要领的时候简明扼要,动手示范时更是帅得掉渣。

闵思然感觉自己的心脏一直在怦怦狂跳,好在头脑是清醒的,只看了他一小会儿就掌握了动作要领,将车子轻松开动,就这样越开越兴奋,等玩到下午结束的时候,她已经开得非常熟练了。

掌握新技能的成就感让她情绪高涨,但在霍白结账的时候她才知道,卡丁车的计费标准竟然是按开车跑过赛道的圈数,一圈五十——回想自己玩了足有两个多小时,开了多少圈、花了多少钱……那个数字让她忍不住头皮发麻。

"很贵吧?你也不提醒我一下!"闵思然拿出钱包,郑重地看着霍白,"多少钱,我给你!"心里暗暗担心,恐怕自己那点儿零花钱根本不够。

"不贵!"霍白不以为意地冲她笑笑,"是我说要带你来的,当然是我请你了。"

"那怎么行!"闵思然急了,"太贵了,不能让你请……"

霍白早知道她会坚持,已经想到折中的办法,便对她说:"闵思然,我听说你爸爸是木匠,你也会做一些木匠活,你教教我好不好?

我想亲手做一个花架，送给我妈妈！"这并不是谎话，上次妈妈来镇上看他的时候跟他抱怨过，自己在某品牌家居店看中了一个花架，定价太离谱了，竟然要三万多块。

他当时就想，如果自己亲手做一个送给她，肯定比那个更珍贵。

5

闵思然坚持要把"开卡丁车"跟"教霍白做花架"的事情分开来计算，但霍白坚持要混为一谈，两个人就这样含含糊糊地达成一致，一起讨论了木材用料以及款式规格，计划一个月内将花架做好。

霍白选择了一种本地没有的黑胡桃木，闵思然拜托老爸帮忙跟木材商订货，等待木料到货的时间，经历了一次月考，霍白因为暗地里狠下功夫，成绩出奇地好，当即站起来说晚上请全班同学吃炸鸡，教室里顿时激动一片。

好容易等到晚上放学，一行人浩浩荡荡走出校门的时候，只见门外站着一个独特的女孩——说她独特，是因为女孩看上去分明是小小一只，大围巾长毛衣配短靴子，可静静站在那里，站在人流密集的校门口，你却很难不注意到她。

可想而知，是有多漂亮。

那种漂亮，还带着见惯世面的骄傲气场，就算没有盛气凌人，但姿态上，就是有种让普通人自惭形秽的侵略性。

非常诡异的直觉，闵思然看了眼身边的霍白，不知道为什么，她就是觉得这个出众的女孩，好像跟他有关。

验证直觉的时刻来到，宋云兮翘掉下午的课，坐了一个多小时的车来到这所小镇高中，又等了足足两个多小时，就是为了见霍白一面。

　　这个男孩在两个月前离开三中，他对她说自己会想办法回来，但一直杳无音讯。

　　霍白的爷爷的确在小镇生活，但这并不是他转学的理由，三中的校花宋云兮一直是他暗恋的女生，但喜欢她的人太多，为了她幼稚疯狂的男生也不在少数，他在某天放学看见另一个男生抓着她的胳膊要强行带她去看电影，毫不犹豫地冲过去跟那家伙打了一架。

　　事后，为了云兮不受牵连，霍白把所有责任扛在自己身上，并央求父母转了学，自以为走得大义凛然，心里却十分苍凉，因为自始至终，宋云兮没有站出来为他说过一句话。

　　临别时，到底还是他心有不甘，走到她的书桌前，对她说了一句："别担心，我会想办法回来的。"

　　说完以后他一直有些后悔，觉得自己自作多情了，应该……没有人在担心他吧？

　　他做梦也没有想到，宋云兮竟然会来找他。

　　但他更加没有想到的是，自己再看到云兮，竟恍惚间看到了那些曾经荒唐的岁月，心里除了一丝感慨，并无太大波澜。

　　身边这些或疑惑或费解的同学，最重要的，还有那个让他一直对未来有所憧憬的闵思然，才让他感觉到一种真实的成长，一种积极的青春。

　　宋云兮也没有料到，只短短一个多月，眼前的霍白，竟变得这样陌生。

　　他的样子没有变，可是神态之间的悠然豁达，跟从前的嚣张跋扈截然不同，这种变化不禁让她有些慌张，自己一直是被追逐着、簇拥着，她以为只要自己一声令下，就有人前仆后继，甘愿牺牲，但她并不知道要如何挽回一个将要远走的人。

所以,在霍白解释自己短时间内无法回到三中以及绅士地提出送她去坐回城的长途客车之后,她动用了自己最擅长的耍赖:"我不管,下周二我在海景餐厅过生日,你不来,我就不走了!"

6

"下周二吧,木材就到货了,我跟爸爸说好了,让他下午早点儿回来,我们放学以后跟他一起去建材市场选油漆!"

一想起云兮离开时的背影,霍白满脑子都是今天上午闵思然跟他的约定。

虽然自己还在纠结要不要去市里给云兮过生日,但就是这讨厌的"纠结"本身,让他烦恼不已。

或许是,他看清了现在,选择了未来,却没办法将过去尽数打包清空。

所以,在理清所有的思路之前,他找到闵思然,对她说:"换一天选油漆好不好?那天我有事。"

闵思然当然知道,自从那个女孩出现,霍白就变得心事重重。

即便她早就想到,霍白这样的男生,不会是一张白纸,他身上充满着故事——可她不正是因为那多彩且未知的故事,才注意到他的吗?

只是,矜持与自卑阻挡了坦白的脚步,她不知道怎样去捍卫自己那脆弱的少女心,想要细水长流地耐心相处,偏偏这份小心翼翼被宋云兮打破。

就此罢休吗?闵思然看着他心神不宁的模样,忽然冒出一腔生硬的勇气,霸道地固执起来:"不要换了,就这天吧!我都跟爸爸说好了。"

这语气跟态度分明让霍白很意外，他抬起头来看她，目光里带着关心："你怎么了？"又冲她解释，"不好意思啊，思然，那天我真的有事，能不能跟叔叔说……"

话未说完，闵思然打断了他。

"霍白，我们一起去 A 大吧！"她用的是肯定的语气，没有丝毫商量，霍白这才觉察到女孩是在冲他发怒，他不知道该如何平息她的怒火，更不明白她为什么会突然提出这样的要求——在他看来，优秀如闵思然，她完全有更好的选择。

而他哑口无言的沉默，在闵思然看来，显然是因不情愿而产生的犹豫，敏感骄傲如她，本以为自己放慢脚步，霍白就会毫不犹豫地跟上来，没想到只是自己的一厢情愿。

由不得他拖延时间找理由拒绝自己，她急忙在他面前逃掉了。

万分狼狈。

回家之后懊恼得想要甩自己两个巴掌的那种狼狈。

还有伤心，第一次鼓起勇气点燃灯火却被全然浇熄的那种伤心。

周末，原本约好一起刨木的行动，就这样默默取消了。

接着周一，在教室里遇见，闵思然不肯跟霍白讲话。

像她这样的女孩子，可以难过，可以伤心，但最不情愿遇到的事情，是丢脸。

就像下雨天一脚踩进泥水里，她可以不厌其烦地把自己从头到脚洗干净，却最不愿意这个时候被人看见。

没有人告诉她，即便是少女，这种姿态也不是很好，世界上有很多事情并不能按照我们想的那样去进行，同理，世界上也有很多人不是想留就能留在身边，即便你有青春去支撑稚嫩的清高与傲娇，但你能为难的，只有自己而已。

第二章

夏阳满山，少年燃

对待他人，只有宽容，才能换来尊重。

这个时候的霍白，根本不清楚闵思然细腻曲折的心理，他有自己的烦恼，对于宋云兮，对于即将到来的周二，他似乎想好了该如何面对，至于他跟闵思然……唉，事情总得一件一件去解决吧，她莽撞过一次，他就得更加慎重些。

隔天，他请了一天假，上午回了趟家，下午，算好时间，准时出现在海景饭店。

宋云兮还是那么精致漂亮，对于霍白的到来，非常开心满意，就像小公主对待她从前的侍卫，总希望自己的旨意在他面前永远大过天。她高兴，是因为她感到了胜利。

霍白不介意让这个女孩开心一些，因为，那是他的过去，他会永远珍惜，却不会回头的过去。

青春不就是这样子吗？所有荒唐、疯狂与不顾一切，经历过也就够了，谁都不能永远盲目地疯狂下去，那是无知，也是可悲的。

宋云兮终于感受到霍白的到来是为了告别，她愤愤地咬着嘴唇，指着他道："霍白，你骗人，你说过你不会变的！"

"不，云兮，我没骗你，直到现在，我还是以前那个我。"霍白叹了口气，温柔地看着眼前的女孩，"可我们不能永远停留在这里，我不甘心别人都在进步，而我们这样只会被落在原地，如果我回来，我们还会被落下更远。"

宋云兮根本就不懂他在说什么，只当他在逃避，便咬牙切齿地骂："霍白，你是个浑蛋。"

"有一天你会发现我并不是。"霍白觉得自己必须硬起心肠来，他也确实做到了，他十分坚定地对她说，"我们两个，总得有人先学会长大。云兮，别抗拒长大，你……"

"你走!"

霍白的语重心长就这样被扼杀在萌芽之中。

但他真心希望,宋云兮能找到属于她的觉醒与方向。

 7

再次回到小镇,霍白想起自己第一次来的时候,心情是何等沉重而晦涩,完全不似现在这样如释重负,分外轻松。

看清了自己想要过的生活,想要走的路,比起懒散度日,浑浑噩噩,果然让人信心百倍。

霍白从没有哪个时刻,觉得自己这样有底气,他很想找个人来分享,便毫不犹豫地跑去找闵思然。

迎接他的却是闵思然的冷漠,她冷冰冰地看着他,见他满脸喜悦,忍不住有些哀怨——为什么他伤害了我,却可以若无其事地快乐?

她便越发失态,没好气地将放在她家院子里的木料统统丢到门外,对他说:"拿走,都拿走,我再也不想看见你!"

女生原本的光芒与骄傲,全用来耍赖了。

霍白讶异地看着她,想要解释,却又不知道该从哪里说起,眼前的木材被她丢得乱七八糟,他的心里也乱七八糟,只得走上前冲她问:"如果你因为我有事请假这件事生气,我可以道歉,但我事先已经跟你说了我有事……所以,除了这件事,你还在生什么气吗?"

大多数女生在这个时候都会负气地说一句"我没有生气",可闵思然不想隐藏自己,反正局面已经狼狈到这个程度,她不在乎自己更加丢脸一些,便扬起头来冲他道:"我为什么不生气?我鼓起勇气跟你提出一起去 A 大的事,你却拒绝了。霍白,我想继续跟你做同学,可你的态度真的让我寒心……"

第二章
夏阳满山,少年燃

霍白看着声嘶力竭的闵恩然,回想起之前的种种,终于明白女生为什么这么生气了。

他不是不想答应她,只是觉得,她那样一个优秀的女孩,完全可以去到更好的地方,她根本不必为了自己放低姿态,放慢前行的脚步。自己尚且担心能不能跟得上她,她却迷失了方向,以为强行坚持,就能获取她想要的东西。

霍白从不认为,自己那天的态度对她造成了伤害,如果有,那是她低估了自己的身价。

"闵思然,你真的因为我没有向你点头,就这样歇斯底里吗?"霍白冲她叹了口气,"如果真的是这样,那我就更不能点头了。我一直觉得你不是那种把人生建立在他人身上的女生,那种身边有人离开就无法独立生活的人——因为我,从前就是那种人,没有梦想没有方向,整天稀里糊涂地过日子,思想跟心智都停滞不前,每天都过得很失败。"

他蹲下来,将地上的木料一根一根地整理好,接着一鼓作气,统统扛在肩上,回头对她说了一句:"我之所以没有点头,是怕打乱你的计划,怕你迷失自我。我一直想对你说,是你给了我告别过去的勇气与决心,我想跟你一起成为更好的人……可你现在,却仿佛陷进了我的过去,这样很不好。"

话音落,他转过身,却又回过头来:"如果你不生气了,还想教我做花架,我等你。"

8

霍白回家之后,在网上查了许久资料,关于制作花架的流程,一直是闵思然在负责,而且她家有很多做木匠活的工具,如今她撒

手不管,他从头再来,一切都变得艰难无比。

望着电脑屏幕上密密麻麻的网页,霍白忽然觉得有些索然,他离开电脑前去给自己倒了杯水,边喝边想,不知道闵思然在想什么。

此刻的闵思然正在家里,拿着她从八九岁就开始许下梦想的心愿本,一页一页地翻看着,脑海里反复咀嚼霍白对她说的话,心里的思路慢慢清晰起来,她忽然明白自己错在了哪里。她那些想要完成的梦想,在她跟霍白一起去玩卡丁车之后,都在她心里变成了"想跟霍白一起完成的梦想"。

没错,大多数时候,两个人在一起相互扶持,比起一个人单枪匹马要好得多。

但是,如果有些事情原本就是你自己的理想与目标,那就算没有任何人陪伴,也应该坚持做完,这才是真正的成长,也是属于自己独立人生的强大底气。

她,为什么要把属于自己的东西统统忘记,独独纠结于霍白能不能陪伴自己,甚至在他面前卑躬屈膝?

合上心愿本,闵思然忽然对霍白十分感激,谢谢这个男生,给了她足够的尊重。

隔天的早自习。

闵思然一进门,就直奔霍白的座位,再自然无比地冲他问:"你的花架进行到哪一步了?"

听到她的声音,霍白整个人豁然开朗,他抬起头来大声回答:"买锤子!"

"别买了,我家有,晚上把木料搬过来吧!"闵思然不由分说地冲他吩咐,又小声道,"估计你也买不好工具,还是按先前说好的,我来帮你做吧!"

说着,不等霍白回答,便翩然转身,回到自己的座位。

"好,先谢谢啦!"霍白伸长了脖子看着她,女孩却没再抬头,而是从书包里掏出书本,认真看了起来,又恢复了从前刻苦认真的学霸模样。

霍白注视她许久,嘴角不自觉扬起一抹笑意,接着他也转过身,拿出本练习册开始做题。

他们现在的状态,称得上势均力敌。

成长,也可以不鲁莽不残酷,向着美好的地方前进,谁说不是好事情?

送你一株小月光

文/禧年

 1. 我从来没有交过姓"傅"的朋友

我对"傅"这个姓氏积怨颇深。

苍天可鉴,这么多年我从来没有交过姓傅的朋友,对他们一概是敬而远之。

所以,论高中开学的第一天,遇见一个姓傅的同桌是什么体验?

我心中的不适感一阵漫过一阵,自然而然忘却了我爸千叮咛万嘱咐的"要团结友爱同学"。旁边的男孩大名傅祈,他正低着头认真地在书的扉页上写自己的名字,他写得轻轻松松,于我却像是剜心刻骨的凌迟。

老师还没来,我已经拿凉水冲了五次脸。

最终我决定与他交涉一下,三二一,我不住地为自己加油打气,敲了敲他的桌子,努力直视他的眼睛:"那个……同学,放了学你能不能跟我一起去办公室一趟?我觉得我们不太适合做同桌。"

然而他好像毫不在意，眼神漠然，沉默蔓延了数秒，他将头转了过去："为什么？"

总不好告诉一个陌生人真实原因吧？说了人家也不会信啊，于是，我支支吾吾也说不出所以然。

他嘴唇轻抿，似乎带点儿冷笑，将书本合上，再动作利落地将笔放好，最终与我平视："所以曾好好同学，我为什么要因为你一些不知所云的原因，而让老师觉得我是一个多事的学生？"

"为了大家好嘛。"我握了握汗津津的手心。

"我觉得这样就很好。"他毫不留情地拒绝。

不用看也知道，我脸上红意更甚，这回不是"傅姓恐惧症"，而是因为尴尬。

开学第一天，棋逢对手，我遇上了一位对我的演出视而不见的同学。

但我并没有放弃，放学后我主动找了班主任，简明扼要地提出了请求，开始班主任还面带笑容，渐渐地，便有些不耐烦了。

"你知道你中考成绩在班里排名多少吗？"

我低着头不敢说话，我是第三十七名，总共四十二个人，我是压线进的这所远近闻名的一中。

班主任一拍桌子："那你知不知道，我是故意给你安排的这个位置，想让你接受好学生的熏陶……每一个位置都是我精心安排的，牵一发而动全身啊！"

我想，傅祈这个人，怎么看也不像个好学生呀。他说着说着，指指远处，灼灼的目光射过来："你看看人家……"

言外之意，看看人家成绩多好，就你还那么多事。

我机械地转头，发现我的新同桌抱着一堆试卷正好走出去，在

推门之前,他的手顿了顿,仰起头深深地看了我一眼,又若有似无地笑了笑,似乎在说:"小样,敢跟我斗……"

2. 瞧,他多坏

我沮丧地收拾了东西,我的发小园园还在楼下等我。

迎上她,我刚想跟她吐槽今天的事情,她先开口了:"欸,好好,你知不知道我重看了一遍分班表,有个重大发现!"

我耷拉着脑袋,提了提书包,心情不好,感觉书包重了好多。

"你们班居然有傅祈!"她像发现了新大陆般,喋喋不休,我扯了扯她,却听到她又说,"居然是他!傅小远大名就是傅祈,他那时候是用的小名,大名没几个人知道,你这回可麻烦了啊,遇上死对头了。"

我的大脑充满了"嗡嗡"声,类似夏天无休止的蝉鸣,又像工地里反复轮回的打夯声,我呆滞的眼睛一下子复活。

傅小远,傅祈!

还记得我开始说,遇见一个姓傅的同桌是什么体验?

现在我要把它换成,遇上给我噩梦的傅姓本尊怎么办?

我突然间明白,为什么他能准确无误地叫出我的名字,以及,他周身对我的低气压,还有那莫名其妙的敌意。

他一定是认出了我。我和傅祈,哦不,傅小远的过节,说来历史久远。

至今记忆清晰,那是入园第一天,老师威严地站上讲台,我旁边的同学眼眶都红红的,不住地张望着窗外,那里有他们的家长。我一脸正气地将双手背在身后,因为长久与妈妈分离,比一般的孩子要乖一点儿。

傅小远是最后一个进来的,他个子比同龄的孩子高,走路板板正正,他忽地哈哈大笑起来:"从今天开始,你们的妈妈就不要你们啦!"

瞧,他多坏。

于是如他所愿,全班的小孩子都"哇哇"大哭,弄得老师也不知所措,只有我没哭,但是我的眼睛也红了,像只可怜兮兮的小兔子,这是后来傅小远告诉我的。

因为我没哭,让他感觉到我的与众不同,他说我是唯一一个能与他相配的大侠,于是我们成了朋友。

我没哭,可我不是大侠,我的妈妈早已离我而去了,她不知所终,我的眼泪已经流尽。

在我和他熟起来之后,就把这些都告诉了他,他知道我最大的愿望就是找到妈妈,但他是怎么做的?

他像是突然转了性,成了恶魔,在我面前张牙舞爪。午睡时,我醒来发现一床的水花,受到同学的嘲笑,他反倒得意扬扬;我总会发现我的课本缺页,其他同学告诉我,是他干的;我们吃饭在一张长桌上,汤菜都是一份一份传过来,轮到我的那一碗,他总会用铅笔戳一下,意为"下毒",我说过很多次,可他屡教不改,他眉飞色舞,好像成了拯救我的英雄。

他比一般的孩子都要顽劣,禀告老师无效后,我也没想过要给我爸爸增加负担,也许是天意怜我,因为户口分区问题,我成功转了园,和傅小远再无瓜葛。

傅小远带给我的伤害无法估量,我真心交的第一个朋友,却成了带头欺负我的人,相当于亲手瓦解了我的信任。

这段不愉快的经历,印在我的脑子里,久久不能散去。

我曾发过誓,不要和姓傅的人有任何关系。

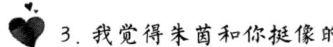
3. 我觉得朱茵和你挺像的

刚开学,数理化的难度我就吃不消了,再加上旁边有位傅姓本尊,让我更静不下心好好听课,为了逃避他,每逢下课,我就会下楼找园园。

"高中学习是很紧张的,有的同学一下课就跑出去,考试成绩完全可以预料,大家不要学习她。"物理老师走之前说了这么一句话。

我默默把伸出去的脚缩了回来。

下节课是英语课,老师的话害得我心不在焉,我蔫蔫地看着窗外,课本上的字符好像也飘了出去,英语老师就是这时提问我的:"曾好好,下一道题的答案是什么?"

我站了起来,猛地一激灵,教室里一片寂静,外面的流云烧得通红,似乎蔓延到我的脸上,我竖起耳朵,焦急地四处乱瞟,也没有好心的同学给我提醒,最终,我小心翼翼地低下头,用指尖扯了扯傅祈的衣袖。

他艰难地睁开眼:"an bu zhi dao。"

我清了清嗓子,脑子连转都没转,就大声地用英文语调读了出来。

迎来的是全班同学的哄笑声,我羞红了脸,如芒刺在背,才反应过来,他说的是"俺不知道"。

于是,傅祈成功地让我对他的讨厌又升了一级。

后来,我在桌上发现了一张字条,上面写着——对不起,我不是故意让你丢脸的,上课我睡过去了。

我推了推傅祈,问这字条是不是他的,他连头都没抬,抱着本漫画书看得不亦乐乎:"我怎么可能写这种东西?"

我冷笑一声:"我只说了字条,你怎么知道字条上有字?"

他哑口无言,连带着翻漫画书的手也顿了顿,耳根处升起一抹彤云。

老师给我们放了电影《大话西游》,大家都聚精会神地看,突然,傅祈悄声对我说:"我觉得朱茵和你挺像的。"

我心里美滋滋的,不料他嘴角抽了抽,欠扁地补充了一句:"都矮矮的。"

好!我心如明镜,一笔笔账都好好记着!

这么多年过去,我的腰板也硬气了,我再也不是当初那个能忍则忍的傻瓜了,那句话怎么说来着?不是不报,时候未到……

我站在天台上想了很久,直到稳稳当当地打了个喷嚏。看样子还是要把换座位这件事提上日程,这样下去也不是办法。我突然想起班主任说,把我安排在这里是因为我成绩差,倘若我变成优等生了呢?

想着想着我就充满了动力,先把乱七八糟的事情抛在脑后吧,争取期中考试进入前十行列。

我又想,一个人努力是远远不够的,还是要双方配合最好,若是他受不了我,主动向老师提出呢?

我突然间福至心灵,想起幼儿园无意窥探的秘密,忍不住露出一个姨母笑。

❤ 4.笨蛋同桌

一中每月都会有社会实践活动,一般都是同桌一组,自由策划。我主动和傅祈商量,把这次策划交给我,活动书他都没过目,就欣然同意了。

第二章

送你一株小月光

十月的天，已经带了些许凉意，云朵似将融未融的积雪，我的心雀跃得像是要飞进云层里。傅祈插着口袋，步伐慢悠悠的，倘若他肯好好配合我，兴许我不再那么讨厌他。

"曾好好，你笑得那么奸诈干什么？"他停住脚步，一脸狐疑，"你是不是又在打什么鬼主意？"

"不就是一次实践活动，我能怎么算计你啊？"我假装镇定地瞥他一眼，其实心早已跳得扑通扑通的。

他的唇畔落下一抹笑意："料你也没那个胆量，我就暂且信你一次。"

当来到目的广场，他大惊失色，吓得连连后退了几步，大喊道："这世上怎么会有你这么恶毒的人？"

我伸开掌心，慢吞吞地将手里的食物喂给面前的小鸽子，小家伙们多可爱，圆滚滚的肚皮，白白的翅膀，谁能想到，表面上吊儿郎当的傅祈竟然有"羽毛综合征"这么小众的心理疾病。那是幼儿园时，老师让同学们写下自己的小秘密，我收上来，刚好看到傅祈的，是歪歪扭扭的字迹——老师，我害怕所有和羽毛有关的东西。

我站起来，慢慢靠近身体不断抽搐的傅祈，他眼里除了惊恐之外，还有类似于失望的情绪，我想着前尘往事，对他恨意更甚，哪有功夫解读他此刻的表情？

我将外套脱下，里面赫然是一件沾满了白色羽毛的衬衫，那是我亲手设计制作的，我狞笑着："如果你再不告诉老师，我们要调位，我就天天穿这件衣服吓唬你。"

我脑补了一出大戏，他跪地求饶，我勉强同意，然而所有的戏码还没来得及上演，傅祈就直挺挺地晕了过去。他泛白的唇，惨白的脸，僵直的身躯，无一不在提醒我，我的玩笑开过了头。我慌了神，

呼喊着"救命",才后知后觉地想起要拨打120。

我在病床前战战兢兢,无数次祈祷神灵,让他快快醒来。

他醒来的时候,眼神迷离,呆呆地看了我几秒。

"不会是傻了吧?"我的手还僵在半空,声音颤巍巍的,"你看看我是谁?"

他定了定神,薄唇微动:"笨蛋同桌。"

看样子还没傻,他应该是懒得理我,身子转了过去,背对着我,我想起自己的馊主意,泪水在眼眶里打转:"对不起。"

"拿别人的弱项来开玩笑不是正义者的行为。"他朝我摆了摆手,声音淡淡的,"这次就原谅你了。"

夜色层层叠叠地涌进来,我的心跟着莫名地颤了颤。

❤ 5. 曾好好,你应该谢谢我

傅祈似乎是真的没有怪我,但我的"傅姓恐惧症"还没有克服,尤其是听到他名字的时候,我需要刻意忽略掉,要不然真的会疯掉。

我无数次地自我欺骗——他不是那个傅小远,他就是普通的同学。

然而并没有用。调位这件事,从他那里突破是不可能了,我开始暗自发奋学习。

为了考到理想的名次,我每周末都会去学校背书,站在天台上,大声朗读,就像诗人那样。嗓子快哑的时候,傅祈出现了,他懒散地靠墙站,斜睨我一眼:"哟,学霸!"

我咬咬牙,不打算理他,可想起之前的事,我生硬地扯出一个笑:"别打扰我,我一览众山小呢。"

"是'一懒众衫小'吧,"他翻了个白眼,又正经起来,"就是问问，你复习得怎么样了？"

我如数家珍："语文数学复习好了，但是单词没背完，就是物理比较麻烦，有几个小点总是搞不明白……"

看着他愈来愈大的笑容，我才意识到我居然透露了那么多，于是赶紧捂住嘴："我什么都没复习好，没你厉害。"

他无奈地说："放心，我不跟你比。"

我自然而然把这句话理解成，我这等小虾米不能跟他这种大螃蟹相提并论，直到考完试，我才真正明白他这句话的含义。

考试如我意料地顺利，我觉得奇妙，我居然和傅祈安然无恙地做了两个月的同桌。我吸了口气，心情明朗。

我决定奖励自己去吃一顿烤肉。

鲜红的肉片烤至金黄，令人垂涎欲滴，我夹起一片，刚要放入嘴中，就被突如其来的一只手抢走了。

傅祈心满意足地咽下肉片，还回味似的闭了闭眼，我扔掉筷子："傅祈！"

他毫不客气地直接坐在我对面，三下两下吃完了我的烤肉，我的暴脾气刚要发作，便听他说："曾好好，你应该谢谢我。"

他知道我打的什么算盘？我坐直身子，也没打算掩饰："是啊，我应该谢谢你，如果不是你，我哪来那么大的动力，不过我终于可以摆脱你了。"

他眼神定定的，如同夜幕下安静流淌的小溪："不过有一点你弄错了，我并不是学霸，我是第三十八名。"

他不是学霸？我当场愣住了，脑海如飞絮般闪过很多画面，比如班主任指他的时候，他身旁还有别人，所以老师口中的熏陶指的是我的前后位；比如，他从来不记英语单词，也不怎么看课本……

我的牙齿哆嗦着:"那……那你为什么不纠正我?是看我像傻子一样吗?"

"把成绩提上去总没有坏处。"他理了理衣服,一副无所谓的态度,"既然你那么想离开,我就如你所愿,我会和你一起找班主任去说。"

"谢谢你的烤肉。"他最后朝我喊道。

之后的烤肉简直是食之无味,我出了门才发现他已经帮我结过账了。

倏忽间,我被一种莫名的情绪包围,心中的怅惘如潮起潮落。也是第一次觉得,他可能没我想的那么坏,或许我对他有一些误会。但是我又自我催眠般地告诉自己,他小时候就那么坏了,现在能有多好?

不要动摇,不要动摇!

6. 为什么它不喜欢我

然而我的目的还是没有达成,班主任请了假,要一个月后才回来。

代班是一个很年轻的女老师,她似乎更严苛,我也就没敢提换位的事。坏事一桩接一桩,即将到来的运动会没人报名,班长要求前十名必须参与。我运动细胞为零,无奈之下选择了跳远。

放学铃一响,我拔足狂奔,食堂里限量供应的糖醋排骨是我枯燥又难熬的高中生活最期待的,然而在我之前就售罄了,我沮丧地要了两份素菜。

当一份飘香的糖醋排骨放在我面前时,我两眼放光,一点儿抵抗力也没有,对上的是傅祈玩味的笑,他不由分说,把我们的饭菜交换了一下,修长白皙的手指就像艺术家的珍品,谁知一不小心溅上了酱汁，他皱皱眉，拿出纸巾飞快地擦拭干净。我记得小时候也是这样，他总比一般的小孩要干净。

我的口水马上就要流出来了，但我看着他，不知所措。

"听说你要跳远？"他鄙视地扫了扫我的短腿，揶揄地笑笑，"吃吧，给笨蛋同桌补补身子。"

虽然他没什么好心，但我还是风卷残云般地把汤汁都舔了个干净。

离晚自习还有一段时间，我心中忧虑，不知不觉就走到了学校的小树林，"喵喵"的声音传来，打断了我的思绪。那是一只受伤的小奶猫，腿上有两处斑驳的血迹，走起路来一瘸一拐。

我们学校的保安出了名地残酷，要是被他发现，小猫还不得死路一条？我走上前，想要把它抱起来，奈何它狠狠地挠了我一下。

"小奶猫肚皮很薄，你那样会弄疼它。"傅祈不知道什么时候出现在我身后，他缓缓蹲下，以一种我从未见过的温柔姿态，伸出双手，学着猫的叫声，小家伙果然放松了警惕，安心地躺在他的手心，傅祈小心翼翼，生怕碰到它的伤处。

我气急败坏："为什么它不喜欢我？"

他挑挑眉："它有眼睛，也看颜值的，好不好。"

果然是臭屁自大狂，我坐到路牙子上，想起一件事来："你……不是有羽毛恐惧症吗？"

"白痴。"他耐心地哄着小猫，吝啬地分给我一个眼神，"你见过有羽毛的小猫？"

我赧然不已，换了话题："你觉不觉得它就像一只香喷喷的虎皮蛋糕？"

他从身后拿出纱布，也不知道是什么时候买好的，耐心地为小

猫包扎,又喂了面包和火腿,他哄着小猫,低低沉沉的笑声传来:"就知道吃。"

我的脸红一阵白一阵,我知道他说的是我,却还是跟着他把小猫安置在安全的地方。傅祈这个人最爱干净了,却不怕脏似的照顾小猫,我突然想起当年的事情:"你对猫咪都那么有爱心,为什么要那样欺负我?"

"我欺负你?"猝不及防的话题明显令他一愣,他结结巴巴道,"我……"

预备铃一响,还有两分钟就要上课了,因为这里离教学区很远,我便对他说:"你跑得快,赶紧上去吧,一个人迟到总比两个人要好。"

他摇摇头,说要走一起走。我犹豫了一下,便跟上他的脚步,两个人在风中一路朝教学楼狂奔。

7. 他原本就很厉害

天气渐寒,学校取消了晚自习。

但我还是很晚才离开,因为我要去操场练习跳远,同我一起练习的还有傅祈。

起初是我一个人练习,傅祈在操场上一圈一圈地跑步,是我叫住的他,可能是练习颇多还没有进步把我逼急了,我竟然对他说了我的烦恼,他神神秘秘地告诉我,他爆发力可以,但是耐力很差,所以只好笨鸟先飞。

我看着比我高出三个头的他,汗珠从他头顶滑下,难以置信道:"那你为什么要参加3000米跑?"

"和你一样,"他熠熠的眸子看着我,漫不经心地笑了笑,"颜值越高,责任越大。"

他是在夸我好看吗？怎么不嘲讽我了？我心神不宁。结果是小腿越发没力气，最终躺在绿茵场上，看着天上铺排满满的云朵、远处挥洒汗水的少年人，突然间，有了训练下去的勇气。

于是从那天开始，我们心照不宣，每晚都去操场练习，我内心安定了不少。

运动会我并没有取得破天荒的好成绩，但也不至于给班级拖后腿。剩下的时间可以安心观赛，正巧缺矿泉水，老师让我们去买，我在回来的路上才想起，傅祈的3000米要开始了。

我拎着一打矿泉水如壮士一样狂奔，身边的同学像看傻子一样看着我。

傅祈已经跑到第五圈了，他遥遥领先，身后的数字13像一面旗帜，我忽然大喊："傅祈！加油！"

喊出来才发现只有我一个人的声音，无数双眼睛齐刷刷地看过来，我恨不得遁地逃走，幸好傅祈给了我回应，隔着体育场的围栏，他朝我的方向笑了笑，比了个"OK"的手势。

我擦了一把汗，听见旁边的女生说："长跑还是要看傅祈，初中他更厉害，能领先一千米。"

我声音颤抖："你是说，他原本就很厉害？"

女生莫名其妙地看看我，点点头。

我突然有一个大胆的猜测——傅祈该不会是为了安慰我，才故意骗我的吧？

8. 我会等你

运动会过后，班主任终于回来了，他问我们换位的意见，我看了傅祈一眼，依旧沉默，而傅祈诧异地回望我，复又低下头，我用

余光看到,他在偷笑。

少时的猜忌、误会,全跟着过往的风和岁月而去,我们就这样坐在一起,整整三年。

他也从我最讨厌的人,变成了我最崇拜的人。

高三时的傅祈格外用功,男生脑子本来就聪明,想要追赶上去并不是什么难事。

高考完,傅祈说要给我一个惊喜,他拉着我去了隔壁县城的小山上,大夏天的,气温冷得骇人,我们气喘吁吁地蹲坐在山头上,我赤着胳膊结结实实打了个寒战。

他把唯一的外套给了我:"再等等。"

等了很久,也没等到他口中的惊喜,我气急败坏地问:"到底是什么啊?"

"通过我的观察和推测,今晚九点半会有一场流星雨。"他低头看看表,已经十点多了。

我揉他一把:"得了吧,就你那点儿水平,还是高三补上来的。"

傅祈也不生气,清冽的嗓音里带着笑意:"既然没等来流星雨,那我给你唱首歌吧?"

他唱的歌我没有听进去,只静默地看他。

他低低回回地唱,多亏了上天给他的好音色,他的歌声非常动听。

那晚,我们没有等到流星雨,他说的那个惊喜,我也就没有等到。

一个月后,我拿到了录取通知书,我告诉满脸欣喜的傅祈:"我没办法跟你一起去 A 大了。"

他愣住了,手中的 A 大录取通知书滑落在地。

我说:"那里有你一直想读的专业,我不能自私到让你因为我而改变人生的方向。爸爸的工作也要调到 C 市了,我们会搬家,剩下的路我不能陪你一起走了。"

"曾好好……"他眼底的落寞如此明显,"你有没有考虑过这样对我有多么不公平?"

"但是我会等你。"这是我听他说的最后一句话。

9. 我不要你的祝福

读大学后,生活按部就班地进行,我没有跟傅祈联系过。

我并没有去C市,而是在南方一座很小的城市读书,和我的爸爸,过着普普通通的生活。

但有时还是会偷偷登录以前的社交账号,每隔一段时间,傅祈都会给我留言。

最开始他说:好好,你怎么不理我了呢?告诉我好吗?是不是因为幼儿园的事情,我解释给你听好不好?还记得你说你的愿望是找到妈妈吗?我问了大哥哥,怎么才能实现你的愿望,他告诉我,只要你足够倒霉,好运自会到来。

我太小,就信了,我不舍得让别人欺负你,只好亲自来。我没有尿过你的床,那是我泼的水,撕的书页都是我们用不到的内容,还有碗里下毒,只是一个障眼法。

我一遍一遍地翻看留言,最新的是一月三十一日:今晚有月全食,欠你的流星雨,我用月亮还你好不好?其实啊,那晚我跟自己打赌来着,如果我们能看到流星雨,我就向你表白,没想到还是输了,这大概就是天意吧。

是我傻了,你那边也能看到。

我看着他发给我的图片,眼眶忽地就模糊了。

我记起,那年的我,就如同门罗笔下的卡拉,忙不迭地逃离命

运的掌箍。

我没有告诉过傅祈,其实我的妈妈并没有抛弃我,而是早已去世了。

我接受不了妈妈去世的事实,才编出离家出走的瞎话。在我很小的时候,我们一家三口去小岛玩,意外猝不及防地来临,当我们不小心落水后,爸爸的选择是救我。

一位女记者添油加醋地写了篇报道,说男人爱孩子胜过发妻,虽然没有很明确地抨击,但言辞尖锐,不乏有舆论导向。

她不知道,爸爸会选择救我,是因为妈妈在之前查出了癌症晚期,她用尽力量推走了爸爸。女记者的报道,很长一段时间内让爸爸消沉,一度怀疑自己是不是做错了,甚至精神方面出了点儿问题。

所以我的乖巧,是因为习惯了那些年爸爸突然的暴脾气,习惯了一个人坐在冰冷的家中。

那晚没有等到流行雨,作为补偿,傅祈邀请我去他家做客,他的妈妈知性优雅,可我在看到她的那一刻,心中如惊雷落地。我记得她的脸,在报纸右上角的版面上。

我没去 A 大,不只是爸爸的原因,更是因为无力面对这一切。

大学毕业后,爸爸说他有些怀念家乡,我不好拂爸爸的意。我知道过往的人会再相逢,但没想过会那么快。

那天傍晚我出门散步,不知不觉就走到了母校。篮球场上的少年神采依旧,保安大叔笑眯眯地对我指了个方向:"你看看那人,年龄和你差不多大,每周都开车过来打篮球,你认识吗?"

我定睛一看,那个身影我这辈子都不会忘⋯⋯

我张皇失措地转身走开,然而傅祈拉住了我,声音很沉:"曾好好。"

是我朝思暮想的声音。

他额上的发被汗水浸湿，五官仍旧精致，灯光打在他的脸上，忽明忽暗，我们在操场上走了一圈又一圈，他沉默，我也无心叙旧。

最后当我想找个借口离开时，他告诉我："我要结婚了。"

我慌了神，所有的情绪都倾巢而出，明明是我要离开的，可眼下他有了幸福，我却怎么都说不出祝福二字，最后，我咬咬唇说："那，恭喜你啊。"

眼眶却倏忽湿润。

他忽然笑了，像极了年少时捉弄我的样子，"我骗你玩的。"他弹了我的额头，"曾好好，你还是那么笨。"

我甩开他就要走，却一把被他拉住："我说我要结婚是真的，但我不要你的祝福，我要你的配合。"

那一刻，我的脑海忽然闪过无数个我们相处的瞬间，我不得不承认，他仍然是我最喜欢的男孩。

就如现在，他明明讲的只是一个流行的段子，就足够把我感动得痛哭流涕。

卡拉逃离命运后，终究回去面对，那么我是否也应该勇敢一点儿？岁月迢迢，总要有一往无前的力量。

这时，校园广播应景地响起："我们的10届学长傅祈点了一首歌，送给他爱的女孩。"

我刚要感动，耳边却忽然响起我和他在操场练习时听过无数次的《运动员进行曲》。

傅祈的笑声越来越大，我气得捶他，而他望向我的眼神，那般温柔，如漫天的雪花朝我涌来，如云海四季都飘满了椴蜜的香。

他突然说："曾好好，我们当一辈子的同桌吧。"

我朝他点了点头，好的，傅祈，这一次，拉拉钩，永远为期。

第二章

斐然的早餐

斐然的早餐

文 / 李洋洋

1

初夏的清晨时光,阳光灿烂温和,透过窗帘缝隙洒在一间粉蓝色调的卧室里,卧室里有张小小的单人床,上面正睡着一个恬淡安然的少女,床头柜上有一只草绿色智能闹钟,根据主人设定,这只闹钟在三分钟之后就要响起,也就是说,可怜的少女,只剩三分钟时间的美梦。

"砰……"

忽然间,一声三响传来,杜斐然猛地睁开眼睛,灵动的眼珠左右转了转,忽然想到什么似的,一把掀开被子跳起来,鞋子也来不及穿便冲出卧室来到客厅。

阳台前,老爸杜思廉一脸费解地看着掉落一地的衣服,他不明白,好好的晾衣杆怎么会突然坏掉?

就算是质量问题,那为啥不早点儿坏?他费了多大力气才把攒

了将近一个月的衣服都洗好，刚刚挂完最后一件，该死的晾衣杆，把他所有的辛苦都毁掉了。

"当然是因为你挂太多衣服的缘故啦！"对于老爸超低水准的家务能力，杜斐然已见怪不怪，急忙走过去收拾残局，杜思廉想要伸手帮忙，斐然赶忙伸手做了个"stop（停）"的动作，坚决地嘱咐他，"爸爸，你什么都不动，就是最大的帮助！"

杜思廉听话地站在原地，十分歉意地看着女儿手脚麻利地将衣服一一捡起放进洗衣盆，又将晾衣杆粘好重新固定住——女儿处理事情的条理与完善程度，像极了他跟妻子的结合体。

想到妻子，杜思廉眸色一暗。一旁拾掇好衣物的斐然正在擦汗，并未注意到老爸的黯然。

她回头看了眼墙上的钟，心里暗道一声不妙，快步走到厨房，把超市里买来的速冻水饺煮了一包，盛在大海碗里端到餐桌上，对老爸说了句："爸爸，你快来吃饭吧！"

说着，自己匆忙洗漱换衣服拿书包，临出门的时候又不放心地回头冲杜思廉嘱咐了一句："爸爸，千万不要洗碗！"因为，家里已经没有多余的碗给他打碎了。

"好……"杜思廉点点头，却想起什么似的叫住她，从钱包里抽出一张百元大钞塞到她手里，有点儿惭愧地冲她说道，"记得买点儿早餐吃！"

"嗯！"斐然接过钞票，知道老爸还是很关心自己的，只是……抬手看了看手表，时间相当紧迫，能不迟到就不错了，哪里还有时间买早餐？

不过……某个念头在脑海里一闪而过，早餐……也未必就吃不上。

第二章

斐然的早餐

 2

到学校以后,拉开抽屉,不知道算不算是意料之中,竟然真的有一份热气腾腾的早餐。

这种状况已经持续一个多星期了吧?抽屉里不时会出现精致的早餐,有时候是蛋糕卷、红豆包或者三明治,今天的袋子里装着香味醇正浓郁的抹茶松饼,还配了一杯豆浆。

斐然匆忙从家里赶到学校,此刻早已饥肠辘辘,急忙咬了口松饼,脑袋里的疑惑却是越来越大。

同桌兼好友洛从心闻着味道回过头来,用目光询问她"又是神秘早餐"?看着斐然会意地冲她点头,立刻满脸揶揄地凑过来捅捅她的胳膊:"你还没明白吗?肯定有人暗恋你!"

这件事,早在斐然最开始连续三四天收到早餐的时候,洛从心就下了定论,神经大条的斐然却不这么想,她只认为这是有人在恶作剧,跟一场温柔的守护无关。

不过这天,或许是早上忙着帮老爸善后有些筋疲力尽,或许是隔了几天的早餐忽然出现,让她脆弱的胃有了些许安慰,斐然有些许动摇,她一边将抹茶松饼吃得连渣都不剩,一边暗暗地环顾四周,下定决心要把那个每天给她送早餐的人找出来。

"嗝——"

伴着一声饱嗝响起,杜斐然来不及捂住嘴巴,就见四周忽然投来不少讶异的目光,好在早课结束的铃声正好响起,混乱中帮她解了围。

"不知道那人有没有听到我打嗝。"斐然暗皱了下眉,又安慰自己,"如果他听到,就一定能猜到,我对今天的早餐很满意,以后不会乱买些我不喜欢的东西吧……"

虽然斐然在早上决定要找到那个"隐藏者",可是,一上午的学习时光很快便将这个念头冲淡,中午去食堂草草吃了口饭便跑到图书馆,拿了一本《时间简史》,开始一目十行地看起来。

在同学们眼中,考试成绩从未跌出过年级前三名的杜斐然,绝对是一枚名副其实的学霸——这个斐然自己也承认,每天除了吃饭睡觉,最大的兴趣就是做习题、背公式,但她最近抓紧一切时间狂泡图书馆,为的却是一个月后的"最强高中生"知识竞赛。

说起这个,杜斐然就有种难言的无奈,她本人对这类竞赛根本没兴趣,之所以这么拼命,全是因为老爸老妈。

斐然的妈妈齐云意是开家政公司的,老爸是一名学术水平超高但毫无生活能力的天文学博士,两个人在一起之后,一直是齐云意处理家庭琐事,后来齐云意开了自己的家政公司,每天在外面忙业务,回来还要忙家务,身心俱疲,跟杜思廉争吵了几次,结果却是一切如故。齐云意终于忍无可忍,干脆搬到公司去住,下达了最后通牒:让老爸学会生活,照顾好自己,等斐然取得"最强高中生"第一名,她就会回来。

斐然觉得,老妈用取得"最强高中生"第一名作为回家的条件,绝对是强人所难,她明明一直在家扮演着安静的乖乖女的角色,怎么就莫名其妙被卷入父母的战争里了呢?

眼下,唯有好好学习,才是父母能够重新团聚的关键,斐然只得多花点儿时间好好努力了。

因为从小到大都是优等生,斐然对自己的学习能力很有信心,她已经浏览了历届知识竞赛的试题,对出题方向有了一定了解,而且特地上网查了报名名单,知己知彼方能百战百胜嘛!其中大部分选手她都通过校友录查到了一些信息,仔细筛选排查,唯一能够称之为对手的,是本校同年组的一个男生,叫季舒风。

这个名字,杜斐然再熟悉不过,每次月考榜单,他都与自己不相上下,之前有一次,班主任在考试总结的时候还打趣了一句:"真不知道你们俩是怎么回事,都是重理轻文,有两道代数题的解题方式一模一样,英语语法也犯了一样的错误,真的不是亲戚吗?"

当然不是!

杜斐然甚至对那个季舒风长什么样子都没印象,但她知道,如果两个人的逻辑方式、学习能力特别相像,而两个人又参加了同一个知识竞赛,这是件很危险的事。

她不能输。

内心在为自己加油,可大概是最近几天都起得太早,外加每天回家还要照顾老爸,斐然竟觉得脑袋发沉,随后趴在桌上睡着了。醒来时窗外飘起了微微细雨,图书馆里空无一人,自己前几天不小心丢失的雨伞,竟神奇地出现在桌子上。

斐然揉揉眼睛,又擦擦口水,心里疑窦丛生,却来不及琢磨,下午的上课铃已经响了。

3

跟雨伞事件一样让斐然费解的是,第二天、第三天……连续几天,抽屉里的早餐像是从来没出现过一样,就这样消失了。

这几天早上,斐然分别帮老爸处理了一只烧干的热水壶,以及一锅忘记添水的"煮汤圆",筋疲力尽地赶到学校,在打开抽屉却发现没有任何补给的瞬间,心里竟生出了几许幽怨。

她一边吃着洛从心的饼干一边回忆,这段时间收到早餐以及没有收到早餐的日子,想努力摸出什么规律来,思维却被洛从心出声

打乱:"我知道了,每天给你送早餐,在你习惯的时候突然停止送餐,你心中一定会产生深深的疑惑和失落,同时满怀兴趣和疑问地找那个人问个清楚,到时候……嘿嘿……"洛从心贱贱一笑,诡秘地看了斐然一眼。

"不太合常理呀!"斐然冷静地将好友的联想打断,"我根本就不知道送早餐的人是谁,怎么去问?"

"对哦!"洛从心脸色一垮,疑惑道,"难道是送错了?"又不死心地看了看斐然,虽然自己这位学霸好友性格有点儿古板木讷,但生得一张灵动乖巧的脸庞,尤其那双弯弯的眼睛,温暖而有神,还是很漂亮的。

"会不会是早餐袋里有什么字条,你没有看到?"

斐然努力回想了一下,摇摇头。

洛从心终于泄了气,一副八卦未遂百无聊赖的表情,目光在斐然身上来回打转,忽然脑筋一动:"斐然啊,你有多久没换发型了?晚上我们去美发店吧!"

下午,斐然被洛从心缠磨得没办法,只得遂了她的心愿,答应去换个发型。

嗯,其实是自己也有点儿烦了,她头发浓密,虽然总是梳着万年不变的马尾辫,但每次洗头吹头,都觉得好累。

两个人在走出校门往美发店拐的时候,看见了季舒风。

确切地说,是洛从心先看见的,忙不迭地在斐然耳边小声嘀咕:"快看,季舒风!"

斐然最近对这名字十分敏感,目光立刻顺着洛从心的指引看过去,只见一个将校服穿得垮垮的颀长身影,在她斜前方的书摊处翻看杂志,侧脸薄削白皙,当然不难看,是有点儿痞气的那种长相。

第二章

斐然的早餐

洛从心在一旁漫不经心地乱八卦："这个家伙呀，学习厉害，情商也不是一般高。前几天学校两大校花赌气，一个约他逛公园，一个约他爬山，可他竟然反客为主，带着两人一起去吃了顿比萨，而且不知道用了什么方法，水火不容的俩校花成了形影不离的好姐妹……"

"哦……"杜斐然对这些跟自己无关的校园逸事向来不太感冒，左耳进右耳出就是了，她脑袋里琢磨着，也不知道季舒风在看什么杂志，对竞赛有帮助吗？一会儿要不要过去问问老板……

洛从心的八卦还在继续："……所以说，这种人虽然好看，但是远观就好，城府太深，控制不住。"

杜斐然回过神来，知道洛从心接下来要说的人是陈哲，她的青梅竹马，两个人家住一个小区，从幼儿园到高中一直同校，因为对洛从心说一不二，所以江湖人称陈不二，长得倒也不差，唯独初二以后身高一直稳定地保持在167厘米，让洛从心生出了当妈的心肠，每天给陈不二买牛奶钙片，督促他多打球，只求他能再高一点儿。

看着洛从心眉头微攒，陷入淡淡的哀伤，杜斐然忽然觉得，她日子过得可真充实。

两个人在美发店的椅子上坐定，杜斐然轻描淡写地冲理发师说了两个字："剪短。"巧合的是，她的理发师也是个酷boy（男生），听到她的指示，甚至不屑进一步沟通确认，便举起剪子大刀阔斧地施展开来。

头顶上俨然一片刀光剑影，杜斐然却忽然想起一件事来。

她跟季舒风，是有过交集的。

是这学期开学的时候，迎接新生的开学典礼上，她被选为优秀老生代表上台致辞，季舒风也是代表之一，排在她后面。

当时,坐在代表席的斐然去了趟厕所,回来的时候,旁边的位置被一个学妹占了,学妹想跟季舒风套近乎,仗着有一张无害的娃娃脸,跟斐然撒娇:"学姐我们换一下好不?"

那学妹本来的位子靠着窗,稍微有点儿冷,不过斐然没打算计较,正要走过去,季舒风却站起身来冲她道:"你坐我这里好了!正好我要去后面一下!"话音落,不等斐然反应,冲那学妹笑笑,便大步走到后面去了。

哪知道,故事的插曲刚刚开始。

杜斐然坐在季舒风的位子上,旁边的学妹坐在她原本的位子上——大概就是这个时候出的差错,但她当时并没有发现任何异样。

直到开学典礼进行到老生代表讲话,杜斐然听到自己的名字,深吸一口气,从容不迫地捏着演讲稿走到主席台……

手里的稿子刚一打开她就傻了眼,搞什么?这根本不是她的演讲稿好不好!

从小到大作为代表上台讲话这种事,杜斐然早就驾轻就熟,演讲稿不求标新立异,根正苗红符合她的学霸人设就好,可眼前的稿子是什么?"首先,恭喜各位学弟学妹,你们真够幸运,能够跟我这么优秀的人成为校友,说明你们很有眼光……"——拜托,这种台词让她怎么念?

却仍然是念了。

结结巴巴,满脸通红地念了。

硬着头皮,心脏乱跳地念完了。

台下有错愕,有窃窃议论,还有不时爆发出的,如同起哄一样的掌声。

斐然根本就没力气计较台下各种反应,结束发言之后匆忙下台,只想找个水龙头浇浇脑袋，赶紧忘掉这有生以来最窘的时刻。

嗯，也正是她极其刻意地将这段插曲从记忆中清除，所以那时候，根本没有注意在她后面上台的那个人，念的是自己的演讲稿。

她那时候，甚至还不知道季舒风这个名字。

 4

杜斐然的短发造型受到了全班同学的一致好评。

酷酷的理发师给她剪了个一般人很少尝试的法式刘海，又将她的及肩长发剪到耳下三厘米。斐然的发质本就十分黑亮柔顺，新发型显得她整个人都灵动起来，衬得肤色更加通透细腻，很像那种日系清新派模特。

洛从心看着班上一帮男生盯着杜斐然时两眼放光的样子，不由得感叹了一句："真是学霸不可怕，就怕学霸换造型！"

杜斐然倒没有在意大家的评价，只不过好评总比差评强，她心情不错地拿出一张纸涂涂画画，不时记上一个特殊的、只有自己看得懂的符号，忽然间眉头舒展，弯弯的眼睛也猛地一亮。

早餐出现用 1 表示，没有早餐则用 0 表示：1111011001010001000011011001011……似乎并没有什么规律可言。

不过，通过统计，自己收到的早餐涉及十几家早餐店，但只有其中一家……就是她最喜欢的抹茶松饼，她后来发现陈不二给洛从心买过，味道是一样的，但包装手法，跟她那次收到的不太一样。

杜斐然嘴角一扬，计上心头。

午休的时候，她特地跑到这家早餐店，趁着老板不忙，跟他闲聊起来，其实是为了套出后厨人员的资料来。

健谈的老板大概是没料到一个小姑娘会有什么歪心思，很痛快

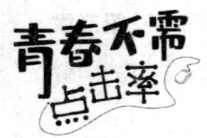

地介绍了自家的所有员工,让斐然大感意外的是,她竟然听到了一个熟悉的名字。

季舒风。他每天早上五点到七点,在这里做小时工。

用老板的话说:"那个小高中生长得高高帅帅的,以为是来闹着玩的,但工作可认真啦!"

杜斐然还在心里琢磨,送早餐的人究竟是不是季舒风,没想到他竟然出现在她面前,手里拎着一份抹茶松饼配豆浆,一边理所当然地递给她,一边别有深意地冲她问:"同学,听说你找我?"

星期一的早课时间,他就这样横空出现,将她堵在走廊。同学们来来往往,不时有人朝这边看过来,斐然不禁又震惊又窘迫,也不敢接那早餐,又不想在此停留太久,便故作镇静地吸吸气,问道:"所以……以前的早餐,也都是你送的?"

季舒风眉头一扬,嘴角绽出一抹意味深长的笑容,眸光定定地望着她,不说是,也不说不是。

杜斐然在他的注视下彻底慌了,也顾不得什么仪态风度,急忙从他面前仓皇跑开。

身后的季舒风,脸上仍是挂着迷离莫测的笑意,望着她的背影,久久没有离去。

跑到教室的杜斐然,心脏一直"怦怦怦"地跳个不停,好不容易等到好友洛从心出现,正想跟她倾诉这一连串堪称离奇的事件,却发现这个向来乐天开朗的朋友,竟然愁眉苦脸。

洛从心刚刚经过操场,看到教务处贴出的最新公告,以后各年组将设立一个"强化班",将每次考试大榜排名后五十名的同学安排进去,目的是让大家努力学习。

"什么'强化班'?分明是被学校遗弃的放牛班好不好!大榜

后五十……对我来说简直太容易了，我才不要进去丢人！"洛从心对学习不上心，成绩一直在中下游晃荡，但她并不觉得自己比那些学习好的同学差劲，人各有志，她将来想学园艺或者插花，以后设计苗圃或开个花店，整天"拈花惹草"，日子未必不滋润。

班上也有其他同学看到了这条公告，洛从心一抱怨，立刻引起共鸣，众人纷纷嚷着要去教务处抗议。

杜斐然虽然是毫无疑问的优等生，这条公告并不会影响到自己，但也觉得"强化班"的做法实在太过分，莫名将一个集体的同龄人分成三六九等，这种校令应该立即废除才对！

所以，她毫不犹豫地站出来，表示要跟大家一起去抗议，一行人不顾早课铃响，浩浩荡荡地往教务处走去。

路上，不断有其他班级的抗议者加入，斐然不知怎的竟走在了最前头，而在她对面，走廊的另一端也走过来一群愤怒的同学，领头的那个，竟然是季舒风！

两个人一同在教务处门口停住，目光交汇时，一股默契油然而生。

两个人身后，是同学们不由自主地窃窃私语："哇，有火花有火花，二年组学习最厉害的两个人竟然也一起为差生抗议呢！"

"所以，我们已经胜利了吧？"

"怎么办？我现在只想让他们在一起！雌雄学霸，男女双煞，以前怎么没注意到这对 CP（组合）呢！"

……

♥ 5

本次"抗议事件"，真是一点儿曲折都没有，同学们人多势众，又有杜斐然和季舒风这两个顶尖优等生带头，校务处的老师们很快

迫于压力,将早上颁布的公告撤除。

"太棒啦!"

作为本次事件的最大受益者,洛从心高兴地跟陈不二连连击掌不说,还颇有几分犒赏三军的意思,将好友杜斐然跟刚才据理力争的季舒风都算作自己人,说晚上请大家吃东西。

杜斐然跟季舒风对看一眼,刚才并肩作战所向披靡的默契悄然散去,取而代之的是一种莫名的别扭与不自在。

但晚上放学,几个人还是齐聚一堂,来到校外那家最著名的快餐店,洛从心点了一大堆薯条可乐鸡米花奶昔,陈不二负责买单兼传菜,配合相当默契。

杜斐然规规矩矩地坐在椅子上,季舒风则双手抱在胸前,变换各种角度地冲她牵起嘴角,微笑。

她简直快恨死他这副表情了,奈何心底的气势就是提不上来,不敢拍着桌子问他一句:"你笑什么笑?"

季舒风也不想这么无聊,可谁叫她惴惴不安手足无措的样子太好玩,恶趣味怎么也停不下来。

终于,食物端上来,斐然松了口气,从一堆花花绿绿的包装里拿出最喜欢的红豆派,刚要下嘴,就听见洛从心忽然指着包装袋一惊一乍地冲她问:"欸,我说,你收到的匿名早餐有没有这家店的东西?"

"咳……"

正在喝可乐的季舒风低咳一声,接着满眼揶揄地看着杜斐然,杜斐然则是满脸通红尴尬不已。最无辜的是陈不二,不知面前三个人为何突然表情各异,疑惑不已地出声:"请问,刚才发生了什么我不知道的事吗?"

第二章
斐然的早餐

话音落，不等有人回答，斐然的手机响了起来。

手机接通，她刚说了两句话就脸色大变，站起身来说有急事先走一步，季舒风想也不想便跟了上去。

这下，换成陈不二跟洛从心两人面面相觑，彼此互问："请问，刚才发生了什么我们都不知道的事吗？"

杜思廉在小区门口的酒馆喝多了，店家见他睡得昏天暗地，无奈之下，只好打电话给斐然。

杜斐然跟季舒风赶到酒馆的时候，杜思廉还没有醒，斐然一边给店家道歉一边结了账，回头再看老爸，已经被季舒风麻利地扛在身上，仿佛他来就是要做这件事一样，十分熟稔地向她问："你家在哪儿？"

两个人……确切地说是季舒风一个人，费了好大力气将杜思廉安顿在卧室里，斐然则去卫生间拧了冰毛巾敷在老爸的额头上，以便让他尽快醒酒。

在等待杜思廉醒酒的时候，季舒风看着这间现代风格的房间，明明是简洁的风格，现在看着却邋遢不已。对他的注视，斐然颇有些难为情，胡乱将房间整理了一下。

相较于杜思廉不怎么整理的卧室，由斐然负责打扫的客厅明显整洁了不少，但茶几上还是残留着她没来得及放回书架的书，以及没有放进收纳箱的几只发圈发卡。

也是个小女生呢……

季舒风暗暗感叹，心里不由得生出几许柔软，再看杜斐然，目光里漾着一股暖意。

"我给你倒杯水吧！"斐然这才想起招待客人，季舒风却不客

气:"没事,我自己来吧!"跟她一起来到厨房——跟意料中一样,厨房里凌乱不堪。

不等斐然脸红,季舒风已经挽起袖子,大刀阔斧地整理起来。

见他手起锅碗瓢盆落,斐然忙收起惭愧,跟他一起忙起来,关于父母冷战的缘由,也对他一同娓娓道来。

"所以,叔叔是因为思念阿姨,才跑到酒馆买醉?"季舒风领悟能力极强,一语便切中要害。不仅如此,他还在厨房环顾四周,又道了句:"不过,我也能理解阿姨崩溃到离家出走的原因……"

……

两个人还在有一搭没一搭地说着话,不知过了多久,当斐然终于将最后一批碗筷收进橱柜,还没来得及松口气,就见杜思廉满脸歉意地站在餐厅,像个做错事的小孩,怯怯地望着客厅里的她与季舒风。

"是我错了。"

杜思廉刚才听到了女儿跟季舒风的谈话,他一直以为,妻子是出于任性才选择离家出走,自己不会做家务,缺乏生存能力……这些都是不值一提的小问题,根本不至于影响到他的家庭稳固。

可实际上,用季舒风的话说:"可能阿姨就是不满叔叔这样的态度吧,毕竟能把家里打点好也需要大量的时间付出,如果总是一方包揽全部,另一方什么也不做,还不懂对方的付出与牺牲有多重要,很容易让人心灰意冷。"

杜思廉忽然明白了自己的问题所在,不是他不会做家务有多可恶,而是他没有肯定妻子多年的付出,心安理得地享受着她的照顾,让她伤心了。

不仅如此,没出息的他,连累女儿这段时间为他的无能善后,自己还学人家跑去喝酒，没喝几口便不胜酒力，四肢瘫软地被人扛回来——嗯，其实在季舒风刚把自己扛在肩上的时候，他就有了一些意识，只是尚不能说话。

 6

看着爸爸痛下决心表态，自己一定会改变，用全新的面貌把妈妈接回来，斐然终于放下心来，感激地看了眼季舒风，季舒风却忽然弯下腰来，在她耳边说了句："别怕，我会帮忙……而且就算叔叔进步不大，我也有办法让阿姨尽快回家！"

他大大的笑容近在眼前，闪闪发光的眼眸里，除了柔软的善意，还有……还有令斐然迷惘的意味深长。

很晚了，季舒风从杜家告辞，杜斐然忙出来送他。

幽静安然的初夏街道，年轻的男孩女孩并肩而行，谁都没有说话，一步两步，却是说不出的美好，天上有一轮大月亮，又圆又亮。

故事究竟是如何开始的呢？

应该是斐然记忆里的那次开学典礼之前。他早就知道同年组有个女生很厉害，成绩总是跟自己不相上下，特别是有一次，两人分数一致，英语卷子的错处都一样……这就有点儿意思了。

季舒风很想认识这个女生，得知她喜欢泡图书馆，便制造了几次偶遇，每次都故意坐在她旁边，还跟她借纸借笔借书签，如此明显的搭讪，她竟然统统没有反应过来，而且，像是记忆被清除了一样，她每次看到他的脸，都像第一次看到那样茫然陌生。

后来，是一次恶作剧，他偷偷拿走了她带去图书馆的雨伞，还主动打着伞招摇，想让她主动跑去找他要，可是，那个"丢"了伞的下雨天，杜斐然只是懊恼了一下，便双手撑在头上，冲进大雨跑

回了教学楼。

到底是情商多低的一个女生，竟然连身边潜伏了这么大一只卧底都浑然不觉？

于是，便有了开学典礼时心生一计，将她的演讲稿调包，看她一个根正苗红的乖女生，如何应付自己那篇风格跳脱的发言稿。

虽然杜斐然上台以后就发现稿子不对，涨得满脸通红，却还是顺利完成发言，季舒风顿时觉得这女生越来越好玩，她简单安静，心无旁骛，是个特别清澈而纯粹的姑娘。

这种姑娘，有自己的理想与坚持，不会因为什么事情而动摇。

如果说季舒风一开始只是对她有点儿感兴趣，后来就变成了想更多地了解她。

对于季舒风这种心思缜密的家伙来说，当他发现杜斐然情商低得可怜，对自己的暗示迟迟没有回应，当机立断化身"跟踪狂"到她家附近，想了解她更多。

结果却意外撞见斐然妈妈离家出走，目睹了杜家父女被气势汹汹的齐阿姨"狠心抛弃"那一幕。

当然，最让他震惊的还是，齐阿姨指着她爸爸说出的那一句："等你什么时候能学会好好生活，我再回来！"

什么情况？季舒风实在看不懂，鬼使神差下，改换跟踪对象，跟着齐阿姨到家政公司，看着她神色黯然地掏出钥匙走进去，忽地一阵夜风吹过，她急忙低头，眼窝处，滚出了两行热泪。

季舒风见状，十分鬼灵精地凑过去，将口袋里的纸巾递过去，关心问道："阿姨，您没事吧？"

……

第二章

斐然的早餐

如果季舒风不说，杜斐然恐怕永远都不知道，早在她与季舒风有所交集之前，他就已经跟自己妈妈，建立了"合作共赢"的友谊。

自从季舒风主动结识了斐然妈妈，便了解到，斐然的性格绝对没有随了她雷厉风行的老妈，不仅如此，关于杜家的情况，他大胆猜测过后，信心十足地对齐阿姨保证："如果您支持我，我有办法让杜叔叔有所改变，你们一家可以早日团圆。"

不知道是从心底接纳了季舒风这个男孩，还是被他最后这句话打动，齐女士考虑了两天，给季舒风发了个信息：你真的有办法？跟我说说吧！

所以说，那条不合理的"让斐然取得高中生竞赛第一名"的条件，根本就是季舒风的鬼主意！

季舒风对于这件事非常有信心，在他的"护送"下，斐然一定能拿到理想的名次，杜叔叔亦会有所改变，齐阿姨可以顺理成章地回到家里。

当然，眼下某些真相，并不适合和盘托出。

7

两个人走到了小区门口。

季舒风一脸意犹未尽，杜斐然也没有立刻要说再见的意思。

路灯下，两人的身影一个颀长一个娇小，像长颈鹿跟小兔子。

终于，杜斐然再忍不住，冲他问出了盘踞心头已久的疑惑："所以，有早餐和没早餐的无规律组合到底什么意思？"一边问，一边跟季舒风报出了自己的记录方法。

季舒风讶异不已地看着她，一方面不肯相信，此时此景气氛尚好，她竟然能问出这样煞风景的问题；另一方面，则是再度感叹两个人

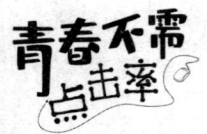

近乎相同的思维模式,他提示她,记录方法正确,只不过中间有一个地方要断开,然后用二进制代码转换为汉字。

111101100101000

1000011011001011

杜斐然回家以后,急忙将这组数字转换,电脑屏幕上,赫然出现两个大字:笨蛋!

你对我笑了，然后有一朵花在
我心头悄悄绽放

第三章

遇见你时，星星落满肩头

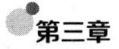

遇见你时，星星落满肩头

文 / 蒋临水

她想着想着又笑了，不知不觉地哼起歌来。陈述啊陈述，遇见你真好。

1. 算你狠

国庆放假的前一天下午，胜佳中学全体学生大扫除。不用上课本应是件普天同庆的事情，但中途出现了一个小插曲，不仅毁掉了简洁的好心情，也毁掉了她美好的假期。

简洁的班级在五楼，取水要到一楼，这长途跋涉的体力活偏就被她那杀千刀的组长安排到了她身上。简洁在暗地里捏紧了拳头，去就去吧，总比做那些枯燥的数学题强。

简洁千辛万苦地将满满一桶水拎上楼，眼看到了第五层的最后一个阶梯，半路突然出现一把扫帚横在眼前，简洁吓了一跳，手一松，脚一滑，连人带桶一块滚下了楼。

简洁被送进了医院,踝骨骨裂,需要打一个多月的石膏。

简洁蒙了,她心疼的不是她的脚,而是愁前天刚跟同学约好要去帽山玩,她连门票都提前买好了,那花的可是她辛辛苦苦攒了一个月的零花钱。

简洁哇哇大哭,指着脸上没有丝毫愧疚的罪魁祸首控诉:"你就是故意的,你故意安排我到一楼打水,又用扫把陷害我!"

"姑奶奶,你真当你是重要人物啊,陷害你对我有什么好处?"

陈述妈拧了一下陈述的耳朵,陈述被逼无奈,只得言不由衷地道了歉,简洁这才收住了哭声。

陈述一家主动负担了简洁的医疗费用,简洁不依不饶:"陈述,你别以为这样我们就两清了。"

陈述的下巴扬得比天还高:"那你还想怎样?报警抓我?别说你没有证据证明我是故意伤害,就是有,我年纪还小,不能怎么样。"

简洁突然抹了抹鼻子,脸上还挂着豆大的泪珠:"伤筋动骨一百天,我脚不能沾地,没法走路,以后你背我上学。"

还不等陈述开口,陈述妈已经应了下来:"这样也好,反正我们两家离得也不远。"

陈述惊悚地看着简洁,条件反射地打了个冷战。

他只张嘴,不说话,但简洁看得出来,他在说:"算你狠!"

简洁心里暗爽,终于破涕为笑。

❤ 2. 上马吧,大小姐

陈述第一天来简洁家报到,不情不愿地蹲在她面前,像极了古时等小姐上马的仆人。简洁拖着一条伤腿,像树袋熊一样趴到他背上,陈述起身时故意跟跄了一下,演技相当浮夸:"呃……压力山大……"

第三章
遇见你时，星星落满肩头

简洁用力上蹿了一下，找了一个相对舒适的位置，为报陈述这一嘴之仇，她从口袋里摸出一个小乌龟的印章盖在他雪白的衬衣上。陈述毫不知情，还在诧异着今天的简洁竟然没跟他斗嘴——难道受了一次伤，连脑子也摔坏了？

晚上放学，陈述依然背她回家，路上他忍不住犯嘀咕："为什么我觉得今天好多人都在盯着我笑？"

简洁清了清嗓子——"大概是看你长得帅。"

风平浪静的一天过去了，第二天的陈述穿了一件黑上衣，看着简洁的目光像自带了飞刀特效，唰唰唰！简洁想象着自己怎样一一躲过。

从简洁家到学校大概十五分钟的路程，对陈述来说尚算轻松。前面的十天过得还算和谐，尽管这两个人明争暗斗，倒也没能翻起层层巨浪，表面上看起来，那就是互爱互助的好同学。

但时间久了，问题来了。

简洁的脚在那段时间里就相当于残废，大事小事都需要人帮忙。俗话说人有三急，上学、放学有人背着，可上厕所呢？她总不能让陈述背着她去吧？就算她好意思说，陈述也未必愿意！

为了避免使自己陷入尴尬的局面，简洁尽量控制自己喝水的频率，早上一杯，晚上一杯。其他时间如果实在口渴，就舔舔嘴唇。

可就算这样控制，还是会有意外出现，有天下午，简洁的肚子突然疼了起来，她小声叫了下前桌的女生，对方看了看墙上的挂钟，为难地说："下节课就是英语了，我单词还没有背下来呢，你去问问筱筱。"

简洁前后左右问了个遍，可每个人都有理由拒绝她的求助，简洁肚子疼得冒汗，就在她犹豫着要不要跟老师说的时候，陈述踩着

小碎步过来了:"看你这一脸难受的样子,要帮忙吗?"

简洁抄起语文书朝他丢了过去,陈述一个漂亮的转身接住那本书:"你再撑,再撑我可走了!"

简洁咬紧牙关不肯说话。

陈述叹了口气,把语文书帮她摆好,蹲在桌子旁边说:"上马吧,大小姐!"

简洁扭扭捏捏地趴了上去。

陈述不能进女厕所,他只能把简洁放到门口,她一小步一小步地挪进去,等出来时仿佛度过了一个世纪。陈述靠在门边打起了哈欠:"托你的福,让我完美地错过了这节英语课。"

简洁从他的笑容里看出了阴谋,哦——原来是英语作业没写完,才拿她来做幌子。

她就说嘛,他什么时候有这么好心?

但暴风雨总是突如其来,凡事都可能成为不好的伏笔。

陈述背简洁上厕所这件事被一些"无耻之徒"传扬得极具戏剧性,二人的关系也因此被人曲解。

陈述背着简洁艰难地走在放学的路上,默默地接受路人的注目礼,他后槽牙咬得咔咔响:"拜你所赐!"

"彼此彼此。"

 3. 没错,那个嘴贱的男生就是陈述

同是天涯沦落人,相煎何太急?

要说简洁和陈述的梁子,那是好几年前就结下了。

简洁十三岁的时候脸上突然疯狂长痘,是那种一夜之间就从"平原"变成了"丘陵"。简洁本身长得就不算出众,刚进青春期的女

第三章

遇见你时，星星落满肩头

孩又爱美，自卑心理一直压抑着她。有一次上地理课，地理老师在黑板上画地图，后排有个嘴贱的男生突然说："还用画吗？祖国的大好河山不都刻画在简洁的脸上了？"

没错，那个嘴贱的男生就是陈述。

简洁从那天开始记了他的仇，事事跟他作对。

陈述是转校生，还是留级生，听说在原来的学校因为是不良少年才被开除的。两个人都性格怪异，人缘一样差。

人缘最差的两个人本该抱团取暖，偏偏这两个人还是百年冤家，见面就掐。从初中一直打到高中，恨不得把对方的名字写出来贴在脑门上，以便让全天下的人都知道他们两个是冤家。

仇人之间又怎么会相互喜欢呢？这真是天底下最好笑的笑话。

几乎是同一时间，简洁和陈述都笑出了声。

"你笑什么？"

"你又笑什么？"

"喊！"二人异口同声。

隔天陈述起床晚了，到了简洁家的时候已经是七点半了，简洁看着他慢悠悠的步伐只能干着急："你能不能快点儿？要迟到了！"

"你真是'趴着'说话不嫌腰疼，出力的是我，你知不知道自己有多沉？"

简洁生气，在他腋下掐了一把。

陈述吃痛，以牙还牙地把她摔到地上，简洁"哎呀"一声，疼得额头哗哗流汗，陈述一看她手上的血，立马傻眼了："我……我不是故意的！"

简洁手掌撑地，蹭掉好大一块皮，血不停地流着。陈述扛起她就往附近的诊所跑。

还好小腿没事,只是手上的皮外伤,医生帮她清理了伤口上的泥土和细小的石子,那过程太血腥,光是站在旁边看着都觉得疼。可简洁这家伙愣是连叫都没叫一声,全程绷着一张惨白的脸,表情凝重。

陈述于心不忍:"你倒是哭一声啊,你哭一哭,我心里也好受些。"

简洁这回是真生了陈述的气,嘴角耷拉着,一眼都不肯看他,伤口包扎好后,她在路上捡了根棍子,一瘸一拐地拄着走。陈述要去扶她,被她一把推开。他打量了她一眼,伤手伤脚还拄了根棍子,现成的苦肉计啊!陈述没忍住笑,不厚道地说:"用不用我去给你捡个破碗?"

简洁的力气用光了,站在原地喘粗气,瞪着一双圆溜溜的大眼睛恶狠狠地看着他。陈述只好示弱:"大小姐,是我错了,我不该半路把你扔下来。"

简洁别开头不看他,方才好不容易才忍住的眼泪现在又不知不觉地落了下来,陈述趁机拿开她手里的棍子:"你要是实在不想再让我背,我扶着你好吗?"

再不快点儿走午休时间都要过了,权衡利弊后,简洁不情愿地点了头。

❤ 4. 原来这个世界上所有人都有秘密

承蒙陈述先后两次的无意陷害,简洁伤上加伤。痛定思痛的她决定再也不让他背自己上学了,以免下个月把另外一条好腿再给摔残了。

而陈述因为上次的事情一直心存愧疚,想了又想,竟搬出了他老爸的那辆"永久牌"自行车。

第三章

遇见你时，星星落满肩头

"你不想让我背，以后我骑车带你上下学。"

简洁看着那辆自行车，有一丝尴尬从心底油然而生，是那种老式的带横梁的车子，车座上还有锈迹："这，怎么坐啊？"

"你坐在前面的横梁上，我载着你。"

"你确定你骑车技术还好，不会让我掉下去直接摔死吗？"

陈述自信满满地拍着胸大肌说："你放心，摔死了我给你偿命。"

简洁的爸妈工作都很忙，两个人关于谁送她上学的事儿吵了三天都没有结果。简洁心头郁结了一口气，正愁该怎么办，一见到陈述，更把之前的傲气抛到了九霄云外。

算了，再信他一次。

陈述一只手把简洁托上车，一只手扶着车把。简洁窝在他胸前，瞬间变得小鸟依人起来。

那车子的年代到底有多久远，从陈述踩脚蹬子时发出的刺耳的"咯吱"声就能听得出来，这样的车子他都能骑得动，也算是他的本事了。

陈述仿佛能听见简洁的话外音："没办法，我们家只有这一辆交通工具。"

简洁突然想起上一次在医院，陈妈妈在交完医药费后把陈述好一通数落，还为此扣掉了他余下半年的零花钱。

早听说他家里条件不好，但从没想到会这么不好。

陈妈妈的年纪应该跟简洁妈相仿，但头上已经冒出了白发，脸上的皱纹像是用刀片刻上去的，一双手也糙得不成样子。

简洁的同情心蓦地泛滥："你家这样，你也好意思做不良少年？"

"哈哈哈！"陈述故作轻松地说，"那是不得已的。"

简洁惊讶："为什么？"

陈述默不作声,继续"咯吱咯吱"地踩着自行车。

陈述的自行车很惹眼,停在车库里,几乎成为全校学生嘲笑的对象。

"哈哈哈,陈述,你那辆车比你爷爷的岁数都大吧?可以拿去当古董卖了!"

"对呀,卖了以后还能用那笔钱买一辆新车!"

陈述笑而不语,右手有意无意地握紧了拳头。

这一切都被简洁看在眼里,对陈述的反感好像不那么强烈了。

原来这个世界上所有人都有秘密。

♥ 5. 明明是这样的她,却听不得有人诋毁他

一向以嘴贱出名的陈述突然变得沉默而忧郁了,这让简洁非常不适应。

她有事没事地找他说话,支使他干这干那的,原以为他会继续跟她拌嘴,没想到他竟然一点儿都不反抗,反而对她言听计从。

简洁摸了下他的额头:"陈述,你生病了吗?"

陈述小心翼翼地把她抱上自行车:"少废话,不怕我把你扔下去了?"

简洁鼓起腮帮子,身子缩成小小的一团。

简洁从来都没想过,自己有一天会为了陈述出头。

一向习惯与陈述作对,看到他上课罚站比谁都开心,就连晚上做梦去了阴曹地府,也要哭着求阎王爷顺便把陈述也收了……明明是这样的她,却听不得有人诋毁他。

午休的时候,陈述帮简洁去打饭,值日生在讲台上擦黑板嘀嘀咕咕地聊起天来。简洁趴在桌子上睡觉,迷迷糊糊听到她们提起了

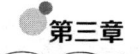

陈述的名字,便支起耳朵听了听。那女生家境很好,漂亮得像个公主,堂而皇之地议论起陈述的家境:"你看到陈述的自行车了吗?都破得生锈了。家里穷成那样,还好意思这么嚣张,你看他身上那件衣服,两年前我就看他穿……哎哟,谁打我?"

简洁连包带书都扔了过去,接着摊摊手,说:"不好意思,能帮我把东西捡回来吗?"

那女生早就习惯了被人众星捧月似的哄着,哪会料到有人敢让她当众下不来台?她狠狠地看着简洁,两个眼珠子恨不得都瞪得飞出来,恰好这时陈述回来了,女生只好作罢,摔掉黑板擦就出了门。

陈述没头没脑地问道:"怎么了?"

"没什么。"简洁说。

临时起意的替天行道可以一时之气,却给以后惹下了大麻烦。

简洁平时的人缘就不怎么好,又公然与班里最漂亮的女生作对,后果可想而知。

上课之前课堂笔记不知道怎么就不翼而飞了;热水瓶里也不知道从哪里蹦进一只蚂蚱;自习课上打个瞌睡,被老师拎起来教育了十几分钟;好不容易熬到放学,又有人在她的背上用粉笔画了只小乌龟。

陈述哈哈大笑:"恶人自有恶人磨!"

简洁在心里骂他:"呸!还不是为了你?"

但这种话太容易让人想入非非,简洁没有勇气把它说出来。

陈述仔细地帮她擦掉衣服上的小乌龟,还顺便帮忙理了理头发。两个人平静地走在小路上,耳边能听见树叶的"沙沙"声,还有自行车的"咯吱"声。

陈述沉默了许久,终于开口:"简洁,我发现了你的秘密。"

6. 到底是多大仇多大怨，拿车胎这么撒气

简洁的秘密从何而来？这恐怕连她自己都没有发现。

总是假装人缘很好的样子在学校里横行霸道，表面上看起来吃不了一点儿亏，却总是拿零花钱给前后左右买各种各样的零食。

隔三岔五就会给几个"熟人"送一点儿小礼物，一包糖、一本书、一支笔……这些点点滴滴的恩惠构建成她们涣散的友谊，稍有不慎就会瞬间崩塌。

简洁过得如履薄冰，以为自己不知道，别人就会不知道。

可是那昭然若揭的真相就这么明晃晃地摆在眼前，陈述不是傻瓜，他站在距离她这么近的地方，又怎么会看不见？

被戳穿真相的简洁恼羞成怒，差一点儿就要做出跳车这种无异于自杀的举动，陈述眼明手快地按住她，把车子停在路边，说："冤冤相报何时了，简洁，我们和好吧！"

是啊，他们何必再互相伤害呢？

简洁不说话，以默认作为回答。

陈述作为简洁的同盟，当然不会眼睁睁地看着她被欺负，他申请调换座位跟简洁同桌，像保镖一样守在简洁身边，炫酷得像拍电影。

简洁臭美地拿出小镜子左照照，又看看，转头问陈述："我美吗？像女主角吗？"

陈述是个老实人，说话耿直得连一个弯都不会拐："一点儿都不像。"

简洁抓住他胳膊狠狠地咬下去，陈述痛得大叫。

多年冤家突然和好如初，外人都开他们的玩笑。简洁愧疚地说："我连累你了！"

"有什么关系？"陈述戳她的胖脸，"开玩笑也开不死人。"

第三章
遇见你时，星星落满肩头

有了同一战线的人与你同仇敌忾，即使前面有着刀山火海好像也没那么难走。陈述的"永久牌"自行车依然抢眼，再受到指指点点的时候他们也不在意。简洁轻声问："可是你的秘密是什么呢？"

陈述还是不回答。

银杏叶最美的时候，简洁去医院拆了石膏，但走路仍然费劲，因此，陈述还是要兼职做她的"司机"。

班里的人对他们这对组合渐渐习惯了，说闲话的人也越发少了。几次调换座位后，简洁身边那些中看不中用的"朋友"都换了新的人。

简洁原本没想过要跟他们靠近的，可有一次上厕所时，前桌那个叫筱筱的女孩突然扶了她一把，久居黑暗的心突然被阳光照耀，那温暖的感觉让她险些热泪盈眶。

简洁蓦地发现，用力挤进与你不一样的圈子里会让你浑身都不舒服，可也总会有与你相似的人来找你。

可这样的开心并没有维持多长时间，当天晚上，陈述跟简洁一起去车库的时候，发现他们的车胎被人扎了。

看样子还是有人看他们不顺眼啊！

前胎后胎都没气了，陈述蹲下来摆弄了一会儿，说："来吧，我先送你回家，然后去修车。"

"你这么来回折腾两圈，到家天都黑透了，到时候你妈妈又要说你。"

"那……学校旁边就有修车店，你跟我一起去，补好后我们一起走。"

商量好后，陈述一手扶着简洁，一手拖着半死不活的老牛车，艰难地到了修车店。

简洁知道陈述这人向来自来熟，跟谁都能聊两句，但她想不到

他跟修车店的张大爷也认识。

陈述跟张大爷打过招呼后自己动手把车胎扒出来放进水里寻找漏气点，动作熟练得跟剥糖纸似的。他发现竟然有七八个漏气点，张大爷看到后目瞪口呆："到底是多大仇多大怨的，这么拿车胎撒气？"

陈述跟简洁面面相觑，笑得前仰后合。

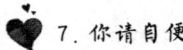

7．你请自便

张大爷帮忙补好了车胎，分文未取。

简洁乐观地熬起了心灵鸡汤："看到没有？上帝在给你关上一扇门的同时，肯定给你打开了一扇窗！"

陈述咂咂嘴，一脸的嫌弃毫不掩饰："你从哪儿看来的水词儿？"

回家的时候天还是黑了，陈述走的是一条捷径，没有路灯，宁静的巷子里被月亮镀上了一层银白色的光泽，有野猫突然蹿出来挡住他们的路，小猫叫得凄凉，陈述停下车："你们家让养猫吗？"

简洁为难地摇头："我妈对猫毛过敏。"

陈述叹了口气："我们家，连我跟我妹妹都快养不起了。"

简洁惊讶，同学三年，她居然不知道他有个妹妹："你什么时候多了个妹妹？"

"就在初中部读书，你居然不知道？"

"你又没说过，我怎么知道？"

陈述不再说话，两个人只得狠下心离开，路上他频频回头，简洁拉了拉他的衣袖："不想让我们死在半路上的话，你最好还是专心一点儿。"

"你说它会遇到同伴吗？"陈述问。

第三章
遇见你时，星星落满肩头

简洁顿了顿，思绪飘出了好远好远："会吧！"

简洁第一次见到陈述那个传说中的妹妹，是在三天后。

下午体育课的时候，陈述和简洁在地上玩五子棋，输的人要被弹三下脑壳。简洁连输六局，频临爹毛，筱筱在关键时刻出现，改变了这个尴尬的局面。"陈述，你妹妹好像在厕所里哭。"

陈述二话不说，丢下简洁就往厕所跑，筱筱换着简洁也跟了上去。

简洁瞠目结舌地看着陈述毫无顾忌地跑进女厕所，回头对筱筱说："你先帮忙看一会儿，别让人进来我进去看看。"

筱筱点头，简洁扶着墙走了进去，幸亏上课的时间没什么人，要不然真不知道要尴尬成什么样子。

从里面传来女孩隐隐的哭声，简洁顿在原地，不再往里走。陈述粗鲁地帮妹妹擦干眼泪："好好的不去上课，在这里哭什么？是不是有人欺负你了？"

女孩倔强地避开他的手："没有！"

那女孩的脸好熟悉……咦！她记起来了！那不就是初中部赫赫有名的陈佳？

她竟然是陈述的妹妹！

"那你哭什么？"

"哎呀，你别管了！"

陈佳说着推开他就往外跑，陈述被推了个措手不及，后背重重地撞在墙上。他追出门，刚好与简洁撞了个满怀。

"哎哟！"简洁一屁股坐在地上，抱着小腿，陈述皱着眉头蹲在她身边："你偷听我说话！"

"我……"简洁挠挠眉心，瞎话张嘴就来，"我来上厕所。"

陈述这才发现此地理应男士禁入，自觉理亏，在扛简洁扶起来

以后,悻悻地说:"那个,你请自便!"

8. 你跟你妹妹长得真的不像

陈佳的事情勾起了简洁的好奇心,直觉告诉她,陈述的秘密肯定与她有关。

"可是,你跟你妹妹长得真的不像。"

陈述一个急刹车,惯性使简洁差点儿摔下去:"哪儿不像?"

傻乎乎的简洁没看出陈述眼里的不悦,竟然把不像的原因一一列举:"你看,她是学校的三好学生,门门考试都是全年级第一名,可你是全校出了名的不良少年,天天上课睡觉,成绩撑死了只能算中等;还有,她那么白,你那么黑;她那么乖,你这么痞……"

陈述双手捏住简洁脸上的肉往两边扯,简洁龇牙咧嘴,口水都快流出来了,却不求饶:"我说错了吗?"

"没错。"陈述放开她,"你今天一个人回家。"

简洁怎么也没想到,陈述因为一句玩笑话,竟然真的把她丢在了大街上。

她蹦蹦跶跶好不容易蹦回了家,命都没了半条。

"该死的陈述!"

简洁在日记本上写,脸上的疼痛未消,家里的电话响了起来,是陈述打来的,简洁对着天花板猛翻白眼:"托你的福,我活着到家了。"

电话那边的他沉默半响,末了,说:"对不起,我今天心情不好。"

简洁满肚子的火气突然烟消云散,竟没有底线地原谅了他。

大概是为了赎罪,第二天敲门的时间比往常早了半个多小时,简洁满嘴泡沫,从洗手间探出头来:"等我一会儿……陈佳?"

第三章

遇见你时，星星落满肩头

她连忙漱口："陈述呢？"

"我哥请假了，让我送你上学。"

陈佳不会骑自行车，只能挽着简洁走，两个人磨磨蹭蹭的，将近一个小时才到学校。

陈佳性格恬淡，寡言少语，简洁想问她那天为什么哭，忍了半天终于忍住了。

陈佳却先说话了："简洁姐姐，我希望你能代我跟我哥哥道歉。"

这可奇了怪了："你们两个离得那么近，干吗从我这儿舍近求远？"

女孩低头吸了吸鼻子："我不知道怎么开口。"

简洁满肚子疑问地答应了下来。

陈述这一次请假了三天，再见他的时候比原来还黑。简洁打趣他："你偷渡去了？"

陈述只笑不反驳，这让简洁吓了一跳，十分不自在地说："那个，陈佳让我替她跟你道歉。"

陈述面色不快，转头就出了门。

那天上午，陈述没有回来上课。

中午的时候，学校开始广播通知，陈述同学因触犯校规，记过一次。

简洁嘴里的面条差点儿喷出来，一上午没上课……这惩罚大了点儿吧？

很快她就知道，事情并没有那么简单。

是学校里那些原本看不上陈述和简洁的人，竟然闹到了陈佳头上，陈佳是陈述的死穴，一遇到跟她有关的事儿，他根本无法保持理智。

可广播中的绯闻二号乐呵呵地照常上课,身上并没有带伤,简洁心里莫名其妙地有点儿郁闷,放学以后直奔对面张大爷的修车店。

简洁知道,陈述课余时间都在这里打工。

是陈佳告诉她的。

陈佳把陈述的秘密全都告诉了简洁。

9. 陈述的秘密

陈述的父亲在几年前因为癌症去世,家里为了给他看病欠下了巨债。

穷人家的孩子早当家,陈述早早就把自己当成了男子汉,为了帮母亲减轻负担,他照顾妹妹,利用所有空余时间打工。

陈述这个人,永远都是吊儿郎当的样子,但骨子里比谁都倔强。他自己无论怎样都没有关系,可如果陈佳受了委屈,他却是万万忍不了的。

四年前陈佳被几个女生堵在巷子口嘲笑了一番,陈佳回家哭了好长时间,陈述便挨个找到那几个女生,警告她们再也不可以欺负陈佳,否则后果自负。

陈述只是吓唬吓唬那几个女孩子,谁知道她们的家长联合起来去学校生事,于是陈述被开除,不得已转了学。

为了防止陈佳再受欺负,陈述一直扮演着不良学生。长兄如父,他也的确一直挺身护在陈佳身前,把所有阴暗的一面留给自己,又把所有美好和阳光的事物都双手奉与了他最亲爱的妹妹。

啊!简洁赞美陈述:"你真伟大!"

陈述正在跟一个轮胎做斗争,一脸的油渍:"你从哪儿蹦出来的?"

简洁摸出手帕给他擦脸："你有理也不能打人啊，现在好了，吃亏的不还是你？"

"我没打他！"他摊开手，"我还没动手，他就自己哭了。那哭声，真是惊天地泣鬼神，把校长和老师都惊动了，我就是跳进黄河都洗不清了！"

"哈哈哈！平日里看起来那么嚣张，这会儿却这副德行。"简洁笑得上不来气。

她笑得越大声，心里就越疼。

她终于明白，为什么陈述上课总是犯困，为什么陈佳那么白他那么黑，为什么他那张写满欠揍的脸上总是带着一丝隐隐的忧伤，又为什么，他总是沉默地看看远方。

10. 遇见你真好

简洁的脚彻底好了，能蹦能跳，没留下一点儿后遗症。

陈述的"永久牌"自行车终于能光荣下岗，可是接送简洁放学成了陈述改不了的习惯。

在简洁的帮助下，陈佳的性格渐渐变得开朗起来。微笑的女孩总有一种独特的魅力，她交到了更多的朋友，陈述也再不需要用那种偏激的方法保护她。

高二时陈述跟简洁都选择了理科，两个人有幸又进了同一个班级。

但同桌是做不成了，陈述这一年身高猛长，高了简洁一个头还多。

简洁偶尔回头看他，恰好撞到他的目光，她迅速回头，脸上红潮久久不退。

听说陈妈妈的工作情况有所好转，为了不耽误陈述高考，她逼

着他停止了兼职。

于是,简洁跟陈述约好,一定要考进同一所大学。

两个孤单又自卑的人终于发现了彼此的优点,相互偎依在一起取暖。

所以说,"患难见真情"这句话还是很有道理的。

陈述很聪明,专心学习的他成绩疯狂地进步,使得各科老师都怀疑他是否作弊,轮番找他去办公室谈心。

陈述从办公室回来像被人打通了任督二脉,说话都变得有深意了:"人生啊,高处不胜寒!"

简洁埋头跟物理试卷奋战,根本不买他的账:"那你加件棉袄不就行了?"

她不如他聪明,只能笨鸟先飞。

简洁在去给巷子里的那只小猫喂食的时候发现它找到了新的玩伴,两只小猫一起走在月光下的时候,连岁月都变得温柔了。

简洁蓦地想起了陈述,他昨天教她的那道题她还没有学会,趁着时间还早,她要回去恶补,免得再被他嘲笑。

她想着想着又笑了,不知不觉地哼起歌来。

陈述啊陈述,遇见你真好。

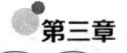

幸而遇见你，余生多欢喜

文—林桑榆

 1

2009年，B大附中最为人乐道的事情，莫过于一个十七岁男孩，出版了一本书，名叫《Basic基础程式计算完全数》，轰动教育界。

同年，这男孩再登风云榜，竟是因为"丑"。

学生会议上，宋海婷偷偷溜到墙角的座位企图装空气，避免与秦鸥短兵相接，可显然对方并不这么想。

"宋海婷。"

尽头的人轻声叫："接待交换生的任务就交给你了。"他视线灼灼，带着超乎年纪的笃定。

女生目光迎上去，呆滞片刻，耳边已听得其他成员小声议论："谁不知道海婷最拉后腿的就是英文，这不故意叫她出丑吗？会长果然有仇必报……"

反观当事人，表情已从震惊转化为无语凝噎，心里默默画圈圈，

这得有多大仇?

事情还须自三天前说起。

众所周知,B大附中的两个精英班,是211、985等升学率的保障,同时也是碾轧其他中学的不贰法宝。然而,一山不容二虎,A、B班长期争斗厉害。程度夸张到,若A班的学生误闯校门口红灯被撞见,立马条件反射说自己是B班的,坚持不懈地给对方抹黑,B班亦然。

在这样的大前提下,宋海婷与秦鸥,分别作为A、B班的学霸代表,被推选出来竞争数次,结果都是宋海婷以几分之差落败。

见状,校园广播站的小记者蠢蠢欲动了,在一个月黑风高的晚自习课间,将秦鸥拦在学校走廊,一脸兴奋:"请问秦同学,究竟为什么能屡次力压宋海婷?"

男孩云淡风轻地经过,留下的回答与他的姿态一样轻。

"因为,她从来没有拜托我停下来等等她。"

意思是,除非他愿意主动相让,否则,宋海婷永远不可能翻身。

此言一出,A班全员沸腾,却无可奈何,毕竟连宋海婷都不是秦鸥的对手,他们再恨,也只能自己忍着。

作为旁观者,新的校园谈资出现,旧的自然也就过去了。可偏偏,周末的时候,宋海婷竟在姑姑经营的理发店偶遇秦鸥。

他的发梢有些长了,新来的学徒负责帮剪。宋海婷恶作剧心起,以一本武侠小说为筹码,收买了学徒,将秦鸥一头引以为傲的黑软短发,剃成了板寸。

这招太狠,若剪坏一些,还可以去其他地方补救。但完全剪短,再怎么也于事无补。

那天,大仇得报的宋海婷提前逃跑,以为对方并不知情。孰料,店里摆着的一本练习册上,正写着她龙飞凤舞的大名。

大概见惯了秦鸥漫画少年般的模样，他周一再出现，因为这极度……呃，干净的发型，在学校引起轩然大波。这便有了学生会议上，宋海婷被"钦点"的一幕。

说起来，宋海婷并不愧女学霸的称谓。她全科几近满分，语文也险超过秦鸥好几次，连体育都是强项，唯独英文总是卡在句态这一关，拉开十分左右的差距。

但不蒸馒头争口气，接待交换生的任务她还是接下了，连着恶补一周的口语和时态后，总算有点儿进步，圆满完成任务。可就此，她与秦鸥的梁子算是彻底结下了。

2010年，高考成绩出炉，大家翘首以待谁会摘下桂冠，结果还是秦鸥取得了绝对优势。

"不过，宋海婷和秦鸥都报的B大吧？貌似还同班。"

"这是要从高中相杀到大学的节奏吗？"

不管他们怎样议论，宋海婷想，总之，这一切都和自己无关。

可后来，当她哆嗦着给秦鸥打电话，询问他都有什么兴趣爱好时，宋海婷的世界观崩溃了。

 2

大一刚开学，军训。宋海婷当场晕倒，以中暑之名请了假。

老实讲，她并非讨厌军训，相反，与其他女生想法不同的是，她认为锻炼是保持健康体魄的最好方法。拥有它，才有精力和资本，去完成所有自己想做的事情。

不过，她刚寻到一份短期兼职——商场游戏厅领舞，没想到时间发生了冲突。

玩过跳舞机的都知道，节奏稍微快些的歌曲，死亡率非常高。

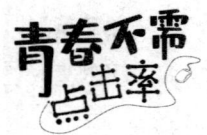

新手常常跳几十秒就因为跟不上节奏GAME-OVER（游戏结束）。而宋海婷不仅身形细长，脑子和手脚都灵活，玩过几次就信手拈来，所以揽下领舞的活儿，这样玩家中途漏拍，也会依着她的准确率而保持游戏。

原本，因为她是资优生，教官对她的请假理由从来深信不疑，直到同班的女生逛商场，无意中拍下她领舞的视频。

校园林荫路。

"原来资优生也会说谎哦。要是教官看见视频，你猜，学校会怎么处理？"

那姑娘长相不赖，家境应该也好，待在温室里还没成熟，天真傲慢的模样。宋海婷头脑风暴一大圈，不记得自己什么时候得罪过对方。未曾想好开场白，她紧接着问："听说，你和秦鸥很熟？如果你帮我要到他的完整信息，那我就将视频删掉，当作什么也没看见过。"

这年头追男生，谁还要个人资料啊？宋海婷忍了忍，没将这句话说出口，怕激怒对方，遂照着女孩的意思，给秦鸥打电话。

那通电话当然不能自曝身份，否则以秦鸥出名难搞的性格，资料肯定要不到。宋海婷开动脑筋想了好半天，才决定冒充手机营业厅的工作人员，说邀请他参加校园问卷调查，结束后会有一份价值六百元的研究生真题相送。

对于生命里只有学习的人来说，这绝对充满了诱惑力。

"您最喜欢的作家是？"

"爱默生。"

"您最喜欢的运动是？"

"篮球。"

"您最喜欢的颜色是？"

"白。"

"您最喜欢……"

秦鸥不知道是不是无聊，回答得巨细无遗，宋海婷面前的女孩记录得不亦乐乎。末了，她佯装感谢要挂电话，那头的人忽然反问："不问我最喜欢的女孩是谁？"

宋海婷脑袋哐当作响，人一傻："啊？谁？"

男生似乎轻笑了几秒："宋海婷。"他掷地有声。

通话是扩音，同班女孩自然也听见了，当即面如猪肝，抢过手机怒视宋海婷："没看出来，你可真有心计！明明和他都到这程度了，还假装不熟！"

"不是，你听我解释啊！我和他……"

对方已负气而走。

不出意料，她翘掉军训跑去兼职的视频，还是传到了教官手里，第二天就被当众罚跑操场十圈，班长秦鸥监督。通过他揶揄的眼神，宋海婷大致猜到，打电话时，秦鸥便已窥破自己的小把戏，故意逗她玩。

又被捉弄了。

宋海婷弯腰喘气，默默腹诽。秦鸥火上浇油地吹一声哨，气得她一跺脚，屋漏偏逢连夜雨，落个崴伤的下场。

 3

粗略检查过宋海婷的脚踝，秦鸥说骨头没大碍，扶她去校医室。

路上，两人言语几度交锋，又偶遇曾经要秦鸥资料的女生。宋海婷被迫倚靠着他，两人姿势从另一个角度看过去异常暧昧，那姑

娘的眼神只差没磨成刀。

害怕再引火烧身，宋海婷刻意将秦鸥推远了些："大神，您老还是别靠凡人太近，光芒太闪，我怕瞎。"她抑扬顿挫，暗指自己被罚跑操场还丢兼职的事。

男孩微一垂眼，俯身瞧着那疼得龇牙咧嘴却逞强的姑娘，刻薄却不减。

"闹半天，你还是没找准重点。重点是，在其位，谋其职。身为学生，就要遵守校内规矩，不应该翘课做其他不相干的事情。"

演足少年老成四个字。

宋海婷身体一僵，顿时觉得脚踝的疼比不上心。她仰起头看他，树叶的阴影跟着风的方向，在眉梢忽闪忽现。

"秦鸥，你的人生很顺遂吧？一定是，才能轻松地将赚钱说成不相干的事，还可以将所有精力与时间都放在学习与兴趣爱好上。可对我来说，能挤出时间赚点儿钱贴补家用和生活费，就是最正经的事。"

宋家并非 B 市本地人。宋海婷的父母只是周边小镇上的普通农户，家里靠着几亩田的收成过活。要是遇到什么灾害，一年的辛苦都白费。父母将宋海婷送到 B 市读高中，寄住在开理发店的姑姑家，只为她去大城市见见世面，不想在起跑线上委屈女儿。所以宋海婷很努力地想要为家人分担，尽管旁人不一定理解。

得知细枝末节的秦鸥不再言语。若是他想，他还有一万句可以反驳的话语。但在那一刻，他忽然只想沉默。

两人伴着这股不明就里的沉默走到校医室。宋海婷坐到床上接受检查，暗暗讶异自己怎么会将短处暴露给敌人，一时间也不知说什么好。下一秒，秦鸥转身出门，她下意识地叫住他。

"你去哪儿?"

他侧身,言简意赅。

"帮你打卡。"

操场计卡制,宋海婷没能跑完十圈,自然交不了差,只好由秦鸥代劳。

不远处的人逆着夏末最后一点儿微光,衬得五官更加立体。宋海婷的心跳猛然漏掉两拍,然后整个人像被疯长的绿萝藤紧紧缠绕,发不出声响,却能嗅到青涩草香。

两个人再有交集,是正式开学后,社团纳新的小路上。学长学姐们奇装异服争奇斗艳,只为吸引新进社员。

其中最不起眼的,当数法学系与应用心理学联合成立的小团队,旨在为需要的人提供免费咨询和心理疏导。

原是很好的事情,但社员打扮都过于严谨,也不叫唤吆喝,更没有表演节目的意识,自然无法吸引众人的目光,唯独宋海婷,在经过那片小区域的时候停下了脚步。

"那个……不同系的可以加入吗?"

话没完,一名社员偏头对另外一个惊呼:"不是吧?我们保密得这么严,还是有妹子知道秦鸥的行踪,追他而来?"

宋海婷正犯迷糊,秦鸥恰巧买完水往回走,撞见这幕,也是一愣,却什么都没说,只默默将分给成员的矿泉水,递一瓶给宋海婷。

"欢迎。"他定定道。

 4

法援社的福利没其他社团好,事儿还特别多,宋海婷却乐得将校内时间花在这里,因为觉得有意思。

而一般上门寻求法律援助的，大多是学校周边住户，经济状况不好、文化程度不高，抑或是抱着"免费东西，不问白不问"心态的人，借此打发无聊。

秦鸥虽然不是法学生，闲暇之余却看过许多相关书籍，还用他容量惊人的大脑，背完了所有基础法条，并拿来社里其他成员的卷子测试，案例分析做得有理有据。

反观宋海婷，仅仅是感兴趣，所以刚开始只能做些端茶倒水的活儿，顺便搭着秦鸥旁听一些案例咨询。

迄今为止，宋海婷听过最奇葩的开场白，当数一光头强打扮的中年男子。他穿着有些破的夹克，连袖口都有磨白，推门便问："你们管讨债吗？"

众人面面相觑，唯独秦鸥迎上去："先生，您有什么法律上的问题，我们尽量帮忙解决。"他噼里啪啦，大致意思是隔壁老王欠他两万元，过了几年尚未归还。

秦鸥和他周旋了小半天，为他解释什么是在法律允许范围内的行为。中年男子大概觉得太复杂，脱口而出："我现在啥也不想，就想把钱要到，不然今晚上又睡不着！"宋海婷在一旁刨根问底，这才得知他想快速将钱要回来的原因是儿子生病住院，好像挺严重，急需钱花。

得知事情的来龙去脉，秦鸥的耐心表现得比以往都多，除了例行安慰，还亲自教对方"4-7-8"呼吸法——发明自哈佛大学毕业的医生韦尔，据说能使人在六十秒内进入睡眠状态。

如果曾经的宋海婷对屈居秦鸥之下尚有不甘，那这点儿不甘心，在这慵懒的午后，已被他每个和颜悦色的表情、侧耳凝神的动作消解。宋海婷近望着，直到手边沸腾的茶水从白气缭绕到沉淀发凉。

第三章

幸而遇见你，余生多欢喜

秦鸥教授的睡眠法应该有用，因为"光头强"除了去医院照看儿子，隔三岔五就往社里跑，每次来都是秦鸥接待，偶尔他不在，就换宋海婷。

每当儿子病情有点儿好转的迹象，他就会很开心地说点儿心事，更多时候，是志得意满地夸奖自己的孩子有多优秀："以后必定有大作为。"

透过他，宋海婷总能联想到自己的父亲，在烈日下翻晒谷子的情形，只为一点点筹出她在大城市学习生活的必需费用。

父爱根本不止如山。她想。

然而，好景不长，没多久，"光头强"意外身亡的消息传到社里来。说是儿子没等到钱做手术，去世了。"光头强"心情抑郁到河边散步，也不小心掉了下去。

消息一出，众人沉默。

秦鸥与宋海婷作为代表，打听到"光头强"的地址，结伴去看望，却只有他的妻子接待。一间不足五十平方米的出租房，此刻竟也非一般地冷清："以前我那口子做小买卖，生活可以，还有余钱借给那朋友。后来生意经营失败，就……"

男女生宿舍在同个方位不同幢，回去的路上，分别时，宋海婷突然鬼使神差地开口，说想换专业。

"以前根本没意识到这世上比我更需要帮助的人还有那么多。好可惜，现在的我，尚没有足够的力量。"

秦鸥知道，她是受了"光头强"的刺激，却难得地没有反驳，反而与她探讨可能性。

"无论选择什么专业，初衷是什么，要想独树一帜，重在兴趣。你想学法律倒是可以，不过这门学科枯燥，你性子急，太沉不住气，

容易半途而废。"

被看穿的宋海婷莫名有些窘迫,白皙的指甲抠进长发,挠挠脑袋:"只是想法而已,毕竟换专业挺难的,要找两边导师沟通不说,专业科目的难度据说比高考还变态。"

秦鸥不再置喙,看对面的女孩忽然轻飘飘地笑起来,冲他挥手说再见:"那我回寝室喽。"

"欸。"

他话未出口,腿已向前挪了小半步。

"嗯?"

"那个,你腿完全恢复了吗?"

宋海婷长睫毛眨了两下,笑得更开心:"早好啦!要是现在让我回去领舞也游刃有余!"

笔直立在夕阳下的男生点点头,斯文如玉的模样。

"既然如此,那就把剩下的六圈跑完吧,我还没有向教官复命。"宋海婷瞬间气急败坏。

"秦鸥!"

当事人已扬长而去,留下淡淡的阴影铺陈。

5

让秦鸥不再提起罚跑事件的代价是宋海婷忍痛请了他一顿麻辣烫里的 LV(奢侈品)。两人在装修精美的小店里吃着正宗的四川味道,被辣得面红心跳。

如果有曾经附中的同学恰好经过,大概又会拍下照片,在母校贴吧上引起骚动。

其间秦鸥想起什么,将一小沓资料递给她,叮嘱宋海婷:"先吃饭,回去再看。"

小吃街离 B 大不远，两人一边溜达，一边闲聊着往回走。绿灯刚亮，宋海婷抬脚便过，恰遇一辆小轿车刹车失灵，横冲直撞地冲了过来。秦鸥率先发现端倪，却已闪避不及。第一个念头就是将宋海婷推开。

所幸他反应快，千钧一发间堪堪侧身，轿车的力道被分散，只撞击到秦鸥一半的身子，却还是因为惯性使然，在地上滚了好几圈，鲜红立见。

医院，秦家人纷纷到齐。秦鸥被送进手术室，临到晚上才出，麻醉未散。

宋海婷在医院长椅上睡了一夜，第二天听见他醒了，刚冲进病房，鼻子已开始发酸，痛诉自己的莽撞："对不起，如果我不那么心急，晚几秒过马路，你也不会受伤。秦鸥，你说得对，我性子急……"

他依旧宠辱不惊的模样，简单两个字斩断她的话头："扯平。"看到她不解的模样又补充道，"我曾因一言之失害你又丢工作又跑操场，如今一报还一报。"

秦鸥讲得轻松，宋海婷却听得眼眶出水，嘟囔的样子活像个没要到公主裙的小姑娘："哪有那么容易扯平？我高中时还捉弄过你，剪了你的头发，呜呜呜……"

病榻上的男孩略一顿："那等你把头发蓄长，以后找个机会让我剪？"

明明是恩怨，从他嘴里一说出就变了味儿，宋海婷忍了半天，还是破涕为笑。她感觉自己沉重的心猛然一轻，顿时发现那高高在上的男孩并非她想象中难以接近。

然而，在宋海婷提出秦鸥外冷内热这个命题后，他却没给她机

会验证。

秦鸥的身体没什么大碍,可他被撞击的右侧胳膊似乎伤得严重。秦家人不相信这边的医疗水平,将秦鸥转去了A市做复健,连学籍也转走,谁都不知道下落。

在他消失的第一个月,宋海婷怕触景生情,收拾东西准备离开法援社,却无意瞥见秦鸥在麻辣烫小店里曾递给她的资料。

那是家律师事务所的简介,中间夹了一张小字条,用工整的小楷,写着工作人员的联系方式。秦鸥说要见的重要朋友,正是这家事务所的老板。他记得她想学法律,便私下帮她寻到一份实习助理的工作,让她练手。

有些细节,像光明剑划开阴霾,拨云见日,令宋海婷离开的步子彻底停下。

没几个月,宋海婷正式提出转专业,背法条、啃案例、求导师、被考核,终于如愿成为法学院新生。那期间,她也曾私下打听秦鸥的下落,结果都以失望告终。时日渐久,便放弃追究。

她想,兴许秦鸥出现的意义,大概只为她指引人生方向,接着功成身退。可为什么?当每次路过操场,她总能想起某日艳阳下,他曾坐在一片茂盛的树荫里,凝视她奔跑的身影。

 6

2015年底,宋海婷毕业一年多,已经是X博小有名气的法援律师,经常为穷人服务,打过两起有名的工人讨薪案,乃至许多富豪名流也跟风前来,纷纷私信她。

她一一看过去,唯独选中这条回复。

我以前也是B大的,后来去了A市,想打一起民事纠纷的官司。

第三章

幸而遇见你，余生多欢喜

如果可以的话，我愿意承担来回机票，我们面谈？

A 市？难道是？

看见地名，宋海婷眼皮一跳，没有多想，便迅速回了一个"好"字。可通了电话才发现对方是女人。

美好破碎的感觉比失望更难受。但承诺已应，约自然要赴。

机场。

宋海婷的当事人刚摘下墨镜，就仿佛埋藏的往事突然诈尸，震蒙了她。

来人黑发红唇，一股盛气凌人的气场，不是当初威胁她打电话的富家女，又是谁？

"喂，虽然只同班半年，但好歹也是老同学，别戒备十足的姿态好吗？放心，官司赢不赢，我都不会亏待你。"

根据经验，有她在的地方就是事故现场，宋海婷下意识地保持距离："你先说说，究竟怎么个纠纷？"

富家女的眼睛眉毛皱成团："唉，真的烦死了！我楼上的住户卫生间漏水，通知了他们好几次都没解决！这不，只好请律师了。"

因为一个漏水问题就千里迢迢地将她从一个城市召唤到另一个城市，宋海婷想想也是服气，自己算彻底知道有钱任性是什么意思。

这等小事，宋海婷提议，先发个律师函吓吓对方就好，没必要走司法程序浪费资源。未料，被告竟几度拒收公函，结果富家女没炸，倒挑起了宋海婷隐蔽多年的犟脾气，杀气腾腾地找上门。

听门卫说，那家主人经常不在，宋海婷蹲了好久的点儿，才在一个雾气蒙蒙的清晨将对方堵在门口。

那人的头发长了，轮廓丰满了些，眼神较之往日更加深邃。宋海婷目不转睛地仰望着他，像多年前的大学操场，树荫下，他曾望

着她那样。

"秦……鸥?"

她出口问询,旋即失声。

面对她的到来,秦鸥倒不意外,仿佛只是他乡遇旧友,礼貌地同她寒暄,说要请她吃饭。

"你来得挺巧,我正要出差去英国,明早的飞机。"

"哦……是吗,待多久?要是不久的话,回来我请你吃顿饭吧,礼尚往来。"说完,宋海婷低下头,耳根一阵火热。

这拙劣的小学生都听不下去的由头,偏还有人认真接:"那这顿饭吃不了了,这一走估计得大半年,去家里的分公司帮忙。"

所以,这场重逢,依旧是为了分别。宋海婷的目光顷刻黯淡。

回去的路上,秦鸥绅士地为女士拎包,习惯性地伸出右手,指尖刚碰到包带又收回,换了左手。

她注意到这细节,若有所思,却没及时戳穿,临到酒店门口才问:"你的胳膊……"

他微微往后一藏:"没事,做过复健后好多了。"紧接着竟略显慌乱地将包往她怀里一塞,"祝旅行愉快,晚安。"

男子转身,银灰色大衣的衣角在空中小弧度翻飞。宋海婷看得眼色一亮,不知哪里生出的勇气,猛然伸手抓住尾部。

秦鸥回头,见女孩的双眼里淌着月光。

"秦鸥,高中时,你说的那句话,还算数吗?"

 尾声

"你说,我不能赶上你,是因为我从来没有开口叫你等等我。那现在,我想拜托你等等我,你会不会真的……停下脚步?"

酒店四周，霓虹闪烁、夜色纷呈，全部的光影为她布景。

当晚的月亮、星空，都曾听见一个女孩小声诉说着，那些从未对人流露过的陈旧心事。

例如，她会收买理发学徒剪掉他的头发，不是为了报仇，只是想让他变得难看一点儿，少点儿女生喜欢。例如，她会报B大，还和他选了同一个专业，也只不过想近水楼台先得月，却无从下手。再例如，她的确是花了大力气才打听到，他进了法援社，所以才兴师动众地要加入，没想到阴差阳错找到真正热爱且有意义的事业。

"我会变成今天的我，都是因为你。所以秦鸥，等等我吧。我不想再跟在你后面小心翼翼了，不想什么时候抬头你忽然又不见踪影。如果你的手今后真的不能再拥抱我，没关系，我可以。"

就算上帝不再偏爱你，时光要摧毁你，我也依然想要跟上你的脚步。

夜凉如水，迈出步子的人，缓缓迈回。

他居高临下，幽潭般深邃的眸子盯着将要绷不住的女孩。良久，才伸出手，一个弹指在她光洁的额头。

"宋海婷，你真以为自己恰好出现在A市，是去帮别人的忙吗？"

起初，医生说秦鸥的右手粉碎性伤害，虽然及时抢救，以后也手不能提，几乎废掉。为了不让宋海婷愧疚，他才接受秦家人转去A市治疗的提议，不说一句话就走。

然而，每个午夜，秦鸥总能梦见多年前的林荫小道。

她帮富家女要自己的信息，却不巧被他撞见现场。他不动声色地将她带到自己的语言圈套，未料她在听见那句"我喜欢宋海婷"的戏言时，面上竟闪过铺天盖地的羞赧，和天光扎破云霄的喜悦。像蒙了多年的灰，被一阵清风吹散。秦鸥想，他大概是从那时真正

注意到宋海婷的。

注意到她的坚持与倔强，她的坚强与软弱，她的眼泪与微笑……即便时隔多年，也念念不忘，最终抽象出三个字：想见她。

想见她，一面足矣。

可此刻，真正知晓宋海婷密密匝匝的心事后，优秀如秦鸥，也不知该用怎样的词语才能尽述自己的心情。

直到某部偶像剧大行其道，秦鸥鄙视之余，注意到海报的宣传语。那一刻，他终于明白自己那不可尽述的心情，究竟是什么。

"如果早知自己会这么喜欢你，我一定对你一见钟情。"

好在，这漫长余生，他还有很多机会，将她抱紧。

第三章
橙海

文／溺紫

 1. 七彩祥云

一片几乎占据了半边天空的云遮住了原本高挂的太阳，驻足观看的人越来越多，阿嬷说，这叫七彩祥云，云下面有宝藏。

橙海跨上脚踏车，ipod 是 OME 版（非正品版本）的，老旧的脚踏车配合着嘈杂的音乐叮当作响。

"橙学姐拜拜！"高一的学弟们对橙海肃然列队，目送她离开。

上礼拜和隔壁班的方程滋事违纪，教导主任罚他俩打扫游泳馆，方程代表校队出席省运动会，开溜了，留下橙海面对一泄汪洋。橙海和方程不一样，她敢作敢当，是学弟们的榜样。

她离开密集的人群，经过一个废弃的铁路道口，经过一片等身高的草丛，经过草帽叔的凉茶铺，水晶色的建筑清晰可见。

去年，学校为了配合新教育体制，斥巨资建造了一所游泳馆，又因为市区地价猛涨，所以选址离市中心的学校远得离谱。

橙海锁好自行车，60°角仰望，游泳馆正被所谓的七彩祥云压在下面。这世界上没有什么宝藏，陷阱倒是遍地可见，坑坑洼洼的一大堆。

橙海看看手表，五点四十了，赶紧匆匆跑进游泳馆。

依然是空空荡荡的，只有她一个人。然而今天游泳池的另一边漂浮着一个点，这玩意儿像是M78星云（传说中奥特曼的故乡）来的生物，让她想起冷漠无情刀的小说。

橙海眯起眼，踮脚，缓慢接近那个点。

这阵仗，是有人溺水了？

那个人正以"大"字形的姿态展开在水面，橙海没有多想。顺手抓起游泳池的清扫叉，毫不犹豫地把人打捞上来。

"你是谁？""浮尸"忽然开口说话了。

橙海吓得倒退一步，脑海中一片蒙，反射性地一阵狂踢，然后似乎意识到了什么，飞也似的冲出游泳馆，以五十米跑的爆发力狂踩自行车。

她匆忙回到寝室，总算松了口气。再打开电脑，IE（浏览器）首页是她的偶像"冷漠无情刀"的小说专栏，《魂动四十五日》准时更新到200章，橙海的眼中一下子泛了蓝光。

她把刚刚的事情抛在脑后，她从来不怕打架，如果她没有看错，那个"尸体"应该是校卫生组组长，说不定人家正在检查泳池卫生……反正，不管了。

这世界上橙海最喜欢两个人，一个是很暴力的数学许老师，另一个就是很冷漠的无情刀。

看完小说橙海就睡了。

第三章
橙海

第二天一切都很平静，如果班长没有拉住她，她可能早就忘了游泳池的事情。

班长拉过她，又躲过稀稀拉拉的人群，她神情是严肃的，眉眼却含着娇羞。

"你喜欢打架就算了，为什么要打我的小山委员？"

"我没有。"

"难道传说是真的？"

"什么传说？"

班长显得有些无奈，举头往上，那是教学楼四楼，背光站着一个修长的黑影，仿佛有点儿熟悉，又好像从来没见过，她觉得脑袋有些沉重。班长终于沉不住气："昨天游泳馆……"

游泳馆"浮尸"？对了，她想起来了。

"昨天差点儿被你用杆子捅死的，校卫生委员，高山。"班长大人镇定地说，"监控器拍下了凶案全过程，你太恶劣了。"

天气热得发闷，橙海还是打了一个寒战，再看楼上，黑影已经消失。

2. 小山委员

橙海没见过海，祖祖辈辈都在山里，爸爸是进城的头一代。也许是因为对海的向往，才有了橙海这个名字，老爸又很草率，觉得蓝海青海白海透明海什么的太普通不够有深度，就有了橙海。

小的时候她总是吵着改名字，喊到初一之后她就认命了。

橙海没见过海，高山倒见过不少。但是学校卫生委员高山，她真的没有交集，孙班长说小山委员是爱与正义的化身，但橙海觉得整个学校能真正维护秩序的，只有数学许老师。回想起开学那天，

橙海知道自己处境微妙，初中的"宿敌"全都在这个学校，如果开学那天没有许老师的河东狮吼，一定伤亡惨重。

但是碰上小山委员的事情，一向护着她的许老师都显得特别八卦。

"你打了高山？"

橙海打了一个寒战。

"有胆量，我看好你。"

许老师拍拍她的肩膀，豪迈地离开了。

剩下教室里的同学，气氛肃穆。

方程同学比赛归来，一脸的得意扬扬。打架输给橙海之后，他很久没有那么笑过，嘴角咧得几乎都要碰到耳朵。

方程身后跟着一个男生，走路带风，身边女生小声议论关于他的事情，一脸的紧张又期待。方程单手叉腰，指着橙海的鼻子说："小山委员，她就是橙海。"

小山委员打量着橙海，表情很严肃，橙海头一次觉得呼吸有些困难。

小山委员两条小细腿裤管空空的，标准九头身。方程很快打破了她欣赏美男的雅兴，他说游泳队下午一点有一场表演赛，要橙海把游泳池四周清扫干净。

如果是以前，方程已经被橙海打趴在走廊上了，可今天橙海没动，她比较在意的，是小山委员怀中的签名书。

"你看过这本书？"小山委员忽然问。

"当然！《荒岭》，是冷漠无情刀的第一部恐怖小说。"

橙海一激动，小跑上前，方程有预感自己又要被打，赶紧躲到高山身后："小山委员，昨天就是她打你的！"

第三章
橙海

橙海可以接受委屈，但是憋屈不行，她不遗余力地抓过方程的领子。

"喂喂，我可是想救他啊！"

小山委员回复一个狐疑的神色。

橙海缄口。

"你救我？"小山委员忽然凑近，橙海觉得嗓子眼有点儿干。碰到他脖子皮肤的时候，她咽了一口口水。

作为一个男孩子……皮肤也未免太好了吧。

"你在看什么？"小山委员的气焰和别人不同，是蓝色的火焰，看上去冷冷的，却带着极大的杀伤力，数秒间，将橙海的红色火焰统统浇灭。

他把手中的书丢给她："看完就赶快去打扫游泳池，顺便把这个垃圾扔掉。"

橙海一怔，觉得很没骨气。可面对冷漠无情刀的亲笔签名书，橙海连骨髓都可以不要，何况骨气。于是她飞出教学楼，一溜小跑。

这一幕确实叫人咋舌，方程也惊讶，随后又因为阴谋得逞在那儿狂笑不止。学弟们纷纷表示很没面子，可她摸摸手里面的恐怖小说，露出一副温暖的表情，学弟们也瞬间柔软了下来。

这是件很微妙的事情。小山委员为什么要扔掉冷漠无情刀的签名小说呢？橙海一边擦瓷砖，一边翻看这本珍贵的签名书。

巨大的游泳池边，碧蓝的水泛着波光，全透明的天花板外飘着厚实的云彩，怎么都不见散去。七彩祥云什么的，橙海真的没什么兴趣，但是这一池水浪费就可惜了，橙海习惯性脱掉鞋子，把脚浸泡到水里，翻阅她的宝贝书。

"你在干吗？"

忽然,一个不和谐的男声传进来,橙海整个人都在颤抖:"我在测水温!"

"什么?"高山走到她面前。

班长说过,面对小山委员,一切谎言无所遁形。

"我在泡脚。"橙海自知小山委员对付不了多久,自己又理亏,只好把双脚缩回来,空气冷冷的,高山丢了一块毛巾在她脚上,橙海有点儿吃惊,但更吃惊的是小山委员就在她旁边坐了下来。

"不是要我帮你擦吧?"

橙海惊得险些掉进池子里,怎敢让小山委员擦脚?让班长知道肯定要攻击她到生活不能自理。

"为什么打我?"小山委员忽然问,"你知不知道你已经被记过了?下个礼拜通报批评。"

我是想救你啊。橙海拧起眉,通报批评什么的她不怕,可下个礼拜是家长会,她真是运气不好。

"为什么爱打架?"

高山猜到她会不知所措。他观望她,等她说实话。

橙海不是一开始就爱打架的。她的爸爸就从来不打架,她的爸爸是软柿子性格,她告诉自己要保护自己,不能被人欺负。

那年她才上初一。橙海一想起爸爸,眼睛忽然发热,必须要悬崖勒马,不能破坏形象。

"做个交易吧。"小山委员忽然站起来。

♥ 3. 等价交换

班长做完最后一张卷子,播了一部《唐伯虎点秋香》。史蒂芬周唱到红烧鸡翅膀的时候,橙海还在奋笔疾书。

第三章

橙海

高三第一学期的期末考试不免有些紧张，平时班长会主动帮橙海补课，可是小山委员事件发生以后，班长的态度就发生了翻天覆地的变化。橙海曾厚着脸皮跑去班长家问问题，班长依旧不冷不热。

这都和小山委员有关系。

"做个交易吧。"小山委员说。小山委员交易的原则只有一条，那就是等价交换。

最近橙海多了两条罪名：一、殴打卫生组组长；二、在游泳池洗脚。小山委员要橙海加入卫生组劳动改造，抵掉她的过错。

橙海权衡了一下，加入的下场是九死一生，不加入是十死无生。

然后，她就惊奇地发现原来学校卫生组是这样一个复杂的机构，基本上卫生组的人都不做卫生，工作看起来很温馨，事实上很霸气。

她的工作是一年级卫生记录员，自从橙海上班以来，学弟们每天欢欢喜喜地搞卫生。

"橙海学姐早，橙海学姐辛苦了！"

橙海很少对学弟笑，但学弟们还是享受着有橙海的空气。除了卫生检查，橙海都要定时定点向小山委员报告。时间是中午十一点半，地点是教工小食堂，还能蹭到一顿饭。

"干吗拿着物理书吃饭？"小山委员点点她手中的书。橙海对比小山委员饭盒旁边的PSP（多功能掌机），顿觉世界不真实。

"你成绩怎么样？"

"班上第五。"

"还行。"

"倒数的。"

小山委员被饭噎到，喘着气打量橙海，好像这是他三年来第一次和全校50名开外的学生讲话。

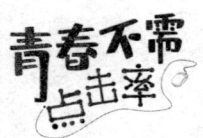

"卫生组的组员不允许掉出全校100名。"小山委员调整情绪，一把拉过她，快步走向自习教室。他翻开橙海的物理书，微微皱眉，拿出笔快速画下重点，但是橙海一动不动，像长在门框上的菌类。

"离那么远我怎么帮你复习？过来。"

"不行。"

"为什么？"

橙海看看小山委员，又看看窗外超慢速路过的女生。因为你是小山委员，阴谋诡计是你的强项，我过去，你又说我打你怎么办？

只见小山委员把物理书放下，又从口袋里掏出一本冷漠无情刀口袋限量版《乱尸岗》第七卷，放在桌上。

"过来。"他又说，大气霸气浩然正气。

一秒钟，两秒钟，三秒钟……

橙海果然控制不住自己的脚步，轻盈且狗腿地蹦向了小山委员。

第七卷不是春天才出吗？

这是小山委员和橙海的第二个交易，用小山委员的话来说，就是"互相利用，各取所需"，他教她物理，她作为回报，要给他讲无情刀每一部小说的大纲、人物、剧情。

这一幕，自然被门外的女生用超高像素的手机全程拍摄下来，在校内的网络上流传起来。当然他们都不知道小山委员和橙海之间的交易。

讲述无情刀每一部小说的大纲、人物、剧情，这对一个资深粉丝来说简直易如反掌，也得心应手。

橙海并没有因此松懈，认真对待每一个章节。但她觉得事情越来越不妙，为什么小山委员能拿到最新的出版样书？为什么小山委员拿来的书每本都有签名？部分书籍一本就有40个以上的签名……

为什么他的平板电脑里有冷溪无情刀的《魂动四十五日》211章？还是写到一半的原稿？

橙海100次想问，但是一看到小山委员的脸，就101次自动遗忘。

小山委员是充满谜题的男生，他做的事情别人都是看不明白的，他喜欢游泳却没有参加游泳队，浪费了一身肌肉……

"你为什么这样看着我？"小山委员凝眉。

"我没有在看你！"

小山委员不屑轻笑。橙海有自挂东南枝的冲动，可场地限制，只能向鸵鸟学习，把头埋进生物书里。

外面的世界传来小山委员好听的声音："新陈代谢所需能量的直接来源是什么？"

"ATP（腺苷三磷酸）。"她本能地回答。

"生命的起源经历了哪四个化学进化阶段？"

"从无机小分子物质生成有机小分子物质，从有机小分子物质形成有机高分子物质，从有机高分子物质组成多分子体系，从多分子体系演变为原始生命。"

"我国的婚姻法规定……"

"直系血亲和三代以内的旁系血亲禁止结婚。"

♥ 4."她是我的人"

最近，橙海把word（文字处理软件）用得炉火纯青。

起因是那天小山委员又与她谈论起当初的游泳馆事件。

他说："你不可能救我。"

橙海不服气，跳下水龟速游了一圈表示自己能够游泳。小山委

员不厚道地笑了,他说你看着,于是一纵身跃进碧蓝水池。

橙海惊呆了,她从未见过这么优雅的……自由泳。

小山委员说可以教她自由泳,但是作为回报,橙海要画每一部小说的人物关系图给小山委员,当然是等价交换。

橙海对小山委员的等价交换思想很支持,因为保赚不赔。于是橙海为了制作人物关系图,把word用得炉火纯青。自从会用word后,小山委员直接给她打包几G的复习资料。也得益于此,她居然在又一次的月考中挤进了全校100名。

小山委员的出现颠覆了一切,橙海开始重新审视自己的智商。她现在甚至开始喜欢一边看化学题,一边清扫泳池了。

某一日,她又在游泳馆看书,突然,门"啪"的一声被踢开。

游泳队的纪律和作风橙海早有领教,队长似笑非笑地朝她走来,拍拍她的肩膀,说:"欢迎参加自由泳表演赛。"

她蒙了,手里的课本掉在地上。

涌进来的学弟们泪汪汪地看着她,猜测她是不是又打了什么赌……

到游泳馆的人越来越多,方程一边煽风点火弄得游泳池气氛异常高涨,橙海的内心翻腾不已,难道真的要用她卖相丢人的狗刨式去参赛?

"橙海学姐!加油!"

学弟们已经声嘶力竭,她知道现在骑虎难下,在心中默念了十遍无情刀大神的名字,这是她唯一可以做的。

在裁判吹哨的同时,她只听到四周的尖叫,接着一个神秘男抢了橙海的泳道,"扑通"一声跳下水。

那个身姿像人鱼一样的人在水里来去自如,橙海立刻转换角色变成了啦啦队队长,给神秘男加油,方程更是一副要自插双目的表情。

他比队长整整快了5米！这还不是全部，看那动作，那气场，根本就是自由泳的活体教科书。

信大神果然可以原地满血复活。

然而，当看到只穿着泳裤的神秘男从水里蹿起，橙海的心情很复杂。

大神啊，这种小场面派个虾兵蟹将就好了，劳烦这种角色让我情何以堪。

小山委员从水池里仰起头，头发湿漉漉地从她面前走过，六块腹肌亮闪闪的，全场女生都惊呼起来。

橙海此时此刻才真正意识到对面站的人不是二年级的地理小秃头，也不是三年级的宅男学生会会长，而是小山委员，是在34个最高学生职务任君挑选的情况下，唯独选了卫生委员的重量级学生。

其实这一切已经够劲爆了，但是小山委员当着方程的面说出那样的话，让方程和围观群众更加崩溃。

小山委员质问方程："比赛有没有问过我？"

方程问："游泳队比赛和卫生组有半点儿关系？"

小山委员说："橙海。"

方程又问："她怎么了？"

小山委员冷笑说："她是我的人。"

学弟们已经惊掉下巴了，而橙海本人已经不知道是什么表情了。

5. 憨到内伤

"咳，她是我们卫生组的人。"

小山委员这补充解释的力道简直是微乎其微。那天的游泳池就这样炸开了锅，后来橙海在学弟的掩护下顺利落跑，而小山委员更

是早就不知去了哪里。

小山委员旷了三天课。

游泳队和学弟的冲突事件被镇压下去，至于泳池边的谣言，橙海也没有心思紧张，她有比这更棘手的事情。

这是橙海在青山高中最后一年，应该和前两年大同小异，无非是月考、扫除、看男孩子打球。应该是井水不犯河水的状态，但是人在江湖飘，哪能不挨刀！今晚外校的男生来本校挑衅，学弟们已经泪眼婆娑地喊"橙海学姐我们需要你"。

学弟们安排好一切，放学后随时可以开战，但是许老师今天心情很好，居然找橙海讲了一下午的几何题，橙海趴在玻璃桌上，数着时间过去，意兴阑珊。

许老师朝橙海微笑："你知道这三天高山在哪里吗？"

橙海的脑子里都是隔壁高中的事，忽然被这么一问，一点儿头绪都没有。

"他在青山医院。"

橙海猛地站起来，桌子被她撞得晃动了一下。

"高山小学就是游泳队的王牌，但他的眼睛在一次碰撞中发生意外，变得非常容易感染，就再也没有游泳，他想游泳的时候，就会去水上漂一下，所以姿势才会那么怪，让你以为是溺水。"

小山委员不能碰水？可小山委员在游泳池里英姿飒爽，难道……他是在硬撑？可为什么呢？

"这不怪你。"老师说。

橙海更加迷糊了。

许老师放下课本，让橙海转告高山明天卫生组开会。

可橙海觉得今天是一定见不到小山委员了，许老师却在微笑，

第三章
橙海

无比笃定。

橙海的脑子更乱，学弟急匆匆地跑过来告诉她隔壁高中的不良少年已经群聚在校门口，她赶去现场，以为要兵刃相见，没想到到了那儿才发现，一群人鸦雀无声。

橙海惊讶地看到，小山委员出现在走廊上，神情不像是在检查卫生。

橙海认为小山委员极度不靠谱，即使强大，也是一个人。现在不是他耍帅硬撑的时候。

"你在干什么？"橙海飞奔到小山委员的身前，做出备战架势。

"这句话我问你才对。"小山委员早就意识到橙海的存在，就是在等她的鲁莽言行。她从来都是这样，敌不动我不动，敌一动我乱动。

小山委员和她形成鲜明对比，他缓步走到两个队伍中间，打量了一遍隔壁高中的阵容。

他细声说："孙亚力，王强，顾海苍，沈君范，邓国民，钟书文……"

小山委员一口气报出三十几个人的名字，眼神和气势都凌驾在别人之上，让对面不到四十人的众人脸色惨白，更有甚者直接落跑。

这么多人小山委员都认识？他怎么能记得住这么多人？橙海对小山委员肃然起敬，小山委员却不以为意，缓缓走回来。

学弟扯扯橙海的衣服，低声告诉她，小山委员曾是家长委员会的通讯员，他报的不是他们的名字，可能……可能是他们家长的名字。

于是，这场低年级策划了整整三个礼拜的战事，在不到5分钟的时间内解决了，两边学校的学生都作鸟兽散，干戈平息。

令学弟们意想不到的是，更劲爆的事居然立刻上演了。橙海气冲冲地朝小山委员走去。

"会游泳有什么了不起?"橙海拉着小山委员的领子,"会游泳很帅吗?"

学弟们认为橙海一定是想打架憋到内伤,好不容易可以打架又被小山委员破坏,受的打击太大,神志不清。

"我才不要你教!"看得出来橙海真的非常生气,以至于小山委员都只有发愣的份。眼看橙海学姐要动手,学弟们赶紧连拖带拽地拉走了橙海。

 6. 冷漠无情刀

小山委员好像真的生气了。

班长戳戳橙海的脑袋:"你们之间到底是什么关系啊?"

关系?

鱼和水有关系,羊和狼有关系,奥特曼和小怪兽之间有关系,他们之间绝对没有关系,像小山委员说的那样,就只有"交易",可她不想用小山委员的眼睛来交易。

那次事件之后,橙海就再也没有见过小山委员。

平静地进入高中最后一个学期,卫生组的重要人员都要高考,许多问题悬而未决,最后教导主任下发通知,进入高三的卫生组组员自动离职。

嗯,解散也不失为一件功德之事。

橙海敲下最后一个键,这几年来无情刀所有的作品明细全都在这个文档里,她按下发送键,完美。

卫生组没有小山委员的存在就是一个普通的校园社团,再也不像以往那样受人关注。

那日,二年级的卫生组骨干小美约了橙海,开门见山地问:"橙

照片墙

相机里的旧时光

照片墙
相机里的旧时光

照片墙
相机里的旧时光

照片墙
相机里的旧时光

座位表

那些年，我与你最近的距离

你还记得你旁边坐的是谁吗?

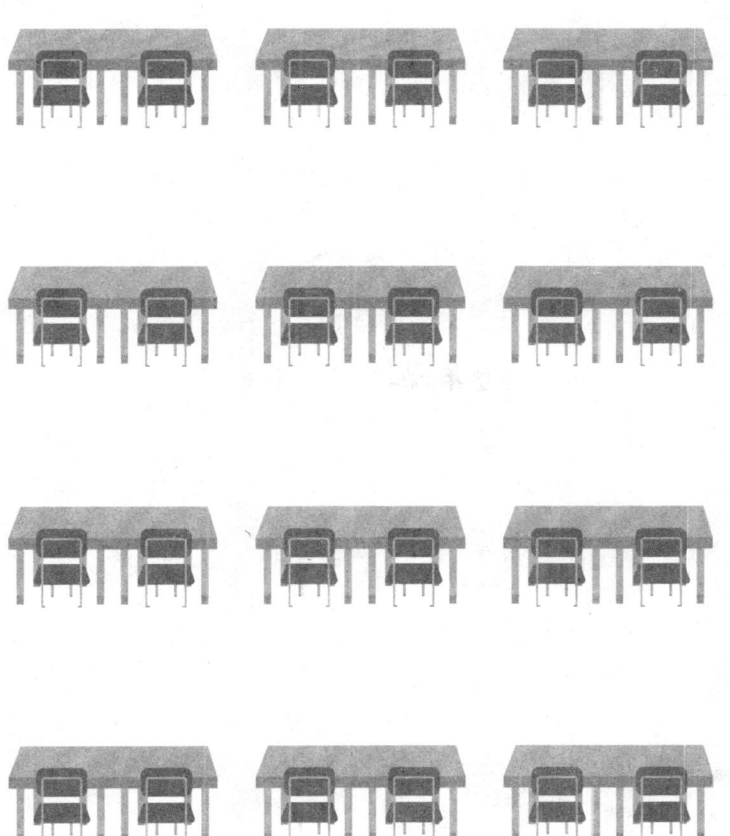

那些年,我与你最近的距离

你还记得你旁边坐的是谁吗?

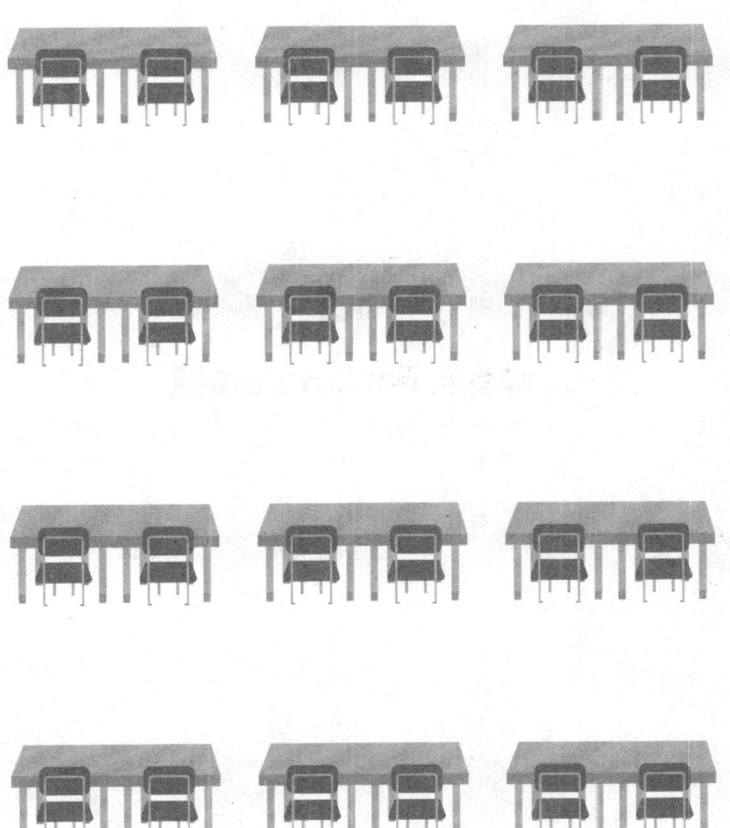

那些年,我与你最近的距离

你还记得你旁边坐的是谁吗？

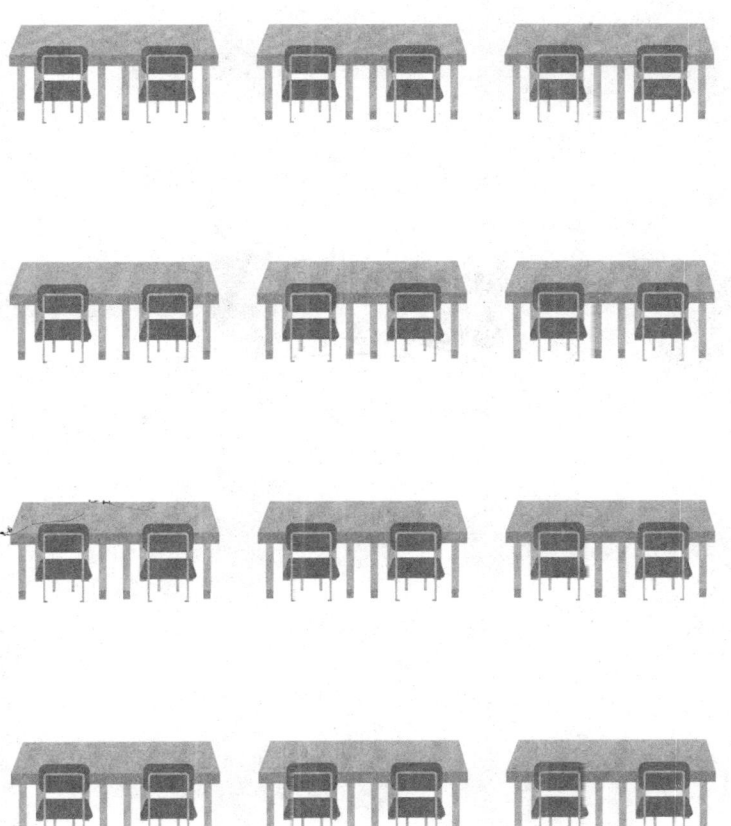

寄青春
年少的你，我想对你说

寄青春

年少的你，我想对你说

♡ **寄青春**
年少的你,我想对你说

赠品非卖

意林 励志青春馆

第三章
橙海

海,小山委员让我帮他整理一个叫冷漠无情刀的作品目录,你知道他有什么具体要求吗?"

小美的样子似乎不是来问问题的,而是挑衅。作为学姐,橙海觉得是该把事情交给学妹了。虽然是小山委员的私人委托,但既然做就要做到最好。她深吸一口气,把自己做的笔记拿出来给小美。

"不用啦不用啦,我想整理出自己的风格给小山委员,换了新人,总要有新气象嘛。"小美意味深长地笑着,橙海不知道哪里钻出一股失落的情绪。

有人接手自己的工作不好吗?真是的。看看日历,下个礼拜有无情刀的签售会。振作,振作!

她正式爱上无情刀是高一,不光因为他的小说,更因为他字里行间那种亲切的感觉,即使是恐怖故事,也很深情,她常是幸运读者,得到了不少免费阅读的机会,她写了好几万的评论,无情刀每次都会回复。明明是那么好的人,在现实中却是个大骗子。

2008年2月18日,是一个骗局。

2008年7月9日,是一个骗局。

2009年11月2日,是一个骗局。

所有冷漠无情刀的签售活动都是骗局。

几年下来,读者都说冷漠无情刀是个200斤的胖子,所以不敢见人,甚至已经成为笑柄。可橙海还是又一次选择相信他,签售会在书城二楼,已经开始15分钟,胖子依然没有出现。

胖子虽然没有出现,却出现了一个银灰色西装的美大叔,他泰然坐在写有"冷漠无情刀"名牌的桌前,现场一片哗然。

传说个别听说冷漠无情刀事迹的读者,抱着找自信的心态来参

加签售,此时却彻底被打击到了。

因为无情刀的出现,人群越来越密集,主持人临场发挥说,答对所有问题的读者,可以获得无情刀的一个拥抱,无情刀美大叔默许。

题目涵盖面非常广,前面几个人最多只能回答8题,橙海觉得题目简单极了,但是手举了半天还是没人叫她,反而叫上去一个身材姣好的少妇。

不对,那不是少妇,是许老师!

橙海惊愕地看着许老师上台,并且非常暴力地答对了所有题目。

无情刀拥抱她的瞬间,橙海的心碎了,她看到四周飞满了肥皂泡沫,而肥皂泡沫的源头,是一个无比熟悉的面孔。

小山委员熟练地,面无表情地操作着泡泡机。橙海一头雾水地走到他身边。

"小山……委员……你在这里干吗?"

"兼职。"

小山委员冷冷地说。

她静静地站在小山委员身边。

"小山委员,我想辞掉卫生组的工作。"橙海不知道怎么开口的话终于说出口,她已经打好了离职申请单,小山委员也安排好学妹代替她的位置,他们也到了两清的时候。

小山委员没有说话,橙海彻底冷场,而此刻台上的许老师和无情刀抱了那么久还不放开,还发生了移动的迹象。许老师和无情刀朝着这个方向移动过来,橙海压抑不住心脏的狂跳。

"儿子,谢谢你。"许老师忽然抱住小山委员,这让橙海彻底慌乱了。

现在是什么情况?

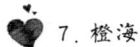 7. 橙海

小山委员气喘吁吁地戳橙海的头,他猜到她会很失态,但没想到她会这么失态。

一路从书城跑出来,跑过了五条大街,如果不是摔倒了可能还不会停。

小山委员以专业级的手法将她的伤口包扎完毕后,橙海渐渐清醒过来,拉着他问这到底是怎么一回事。

其实事情要从三年前说起……

当年许老师太霸道,非常不理解无情刀,导致婚姻破裂,于是无情刀受了情伤一直不露面,被传是两百斤的大胖子。也因为离婚,许老师受尽折磨。双方整整纠结了三年,最后达成协议,如果许老师答对所有的题目,就复婚。

"你为了他们和好才找我来写资料吧?"橙海没想到自己的资料竟然有那么大的作用。

"不对,这是等价交换。"

"啊?"

这是小山委员和许老师之间的交易,他答应给许老师准备好问答的资料,条件是让她照顾一个很麻烦的女孩子,那个女孩子成绩不怎么样,长相不怎么样,脾气不怎么样,真的是一无是处。

橙海没反应过来,小山委员冷冷地站起来,径自离开了。橙海张大嘴巴,一瘸一拐地跟在他后面。

这是一段很长的路,经过一个铁路道口,经过一片等身高的草丛,经过草帽叔的凉茶铺,水晶色的建筑清晰可见。小山委员在建筑前停了下来,一蹦一跳的橙海还在挣扎。

忽然,她抬头看到树丛间的斑驳,看见粼粼的波光。

小山委员静静地站在大树下面,拿着草帽叔凉茶铺的招牌凉茶,两杯。他没有笑容,却很温暖。

她想起来,这个游泳馆本来是一个很小的游泳池,设施简陋,年久失修,但是孩子们都喜欢去那里玩,是孩子们的秘密基地。

"你救过我。"小山委员把凉茶递给橙海,"你忘记了。"

橙海被小山委员忽然认真的表情吓到,立刻全都记起来了。

那是多年前夏天的某个傍晚,火色的夕阳把小小的脏脏的游泳池映衬成一片橙色的海洋,橙海和一群小男孩偷跑来玩遇上另一群孩子,不明原因就争吵起来,忽然,对方一个小小的身影被挤进了池子,小朋友们都吓坏了,纷纷逃离,橙海二话不说跳进池子就把他救了上来。

她像英雄般闯入他的世界,却转身就把他忘了。

"我还以为你再也不会记起我呢……"看着橙海恍然的眼睛,小山委员的表情逐渐变得柔和。

橙海不好意思地笑笑,望向泛着粼粼波光的水面,仿佛又回到那个被夕阳浸染的橙色夏天……

第四章

你知道吗？有一个少年，全世界无可匹敌

第四章

从前从前

从前从前

文 / 李明尔

我不是不会做那道题,我只是想看你的试卷而已。

对我而言,这世上最难解的题,就是……你。

 1

"这些卷子你还留着啊?"徐晗筱坐在地上,随手翻看着一沓沓的旧试卷,"字写得不错嘛。"

"当时从学校搬回来就没管过,后来我不就去北京了吗?"江珊说。

"瞧你这儿乱的。"徐晗筱嫌弃地说。她本来只是想来江珊家里蹭个午饭,结果在她书房里看到一堆箱子,一问才知道是高中的书,徐晗筱立刻兴奋地拆了开来,说要回忆青春。然后就看到江珊作文50分的语文试卷,徐晗筱一把合上箱子,"不看了不看了,像我这样没有早恋也没有考过第一的人简直没有青春啊。"

"你给我收拾干净!"看到徐晗筱把东西扔了一地,江珊作势就要揍她。

"喂,等一下,"徐晗筱捡起地上掉出来的一张纸,"这是什么?这卷子不是你的吧?"

"嗯?"江珊凑过去,看到一张字迹潦草的试卷,但姓名一栏,大大咧咧地写着"江珊"两个字。

"可能那天心情不好吧。"江珊说着从她手里接了过去。

"不是吧,这肯定不是你的。"徐晗筱说,"难道是……徐昊然的?"

 2

和徐昊然成为同桌,是在高三第一次模拟考结束。老师心血来潮地要搞"互帮互助小组"。

"徐昊然你语文不好,江珊的化学不行,你们就坐一起吧,平时互相指导一下。"班主任说完就去指点其他组合了。

江珊站在原地,看了一眼虽然同班一年但并不熟悉的男生,迅速开始脑补:"化学好的男生是怎么样的?成天捣鼓试管?那坐他旁边会不会被爆炸波及啊?"

"那……我帮你搬东西吧。"见江珊毫无反应,徐昊然主动问她。

"哦,好。"

算是第一次正式的交谈,对方格外绅士的举动让江珊暗自开心了一下——应该是非常好相处的人吧?如果他能帮自己把化学作业包办了就更好了。

然而事实并没有江珊想的那么美好。

和徐昊然同桌一周后,江珊就发现,这个新同桌真的是一个非

常聒噪的人。

每次江珊正在全神贯注地看她的青春言情或者热血武侠小说时，徐昊然都会趴在桌子上，侧过头来看着她，然后喋喋不休地问"你在看什么""好看吗""讲的什么""你为什么看完了一本还有一本""你别看了""你不无聊吗？你和我聊聊天呗""小说有什么好看的啦，这种故事我也会讲"一类的话。

"那你讲。"

"从前……有一座山……"

"然后呢？"

"山上有一座庙……"

"闭嘴。"江珊翻了个白眼，头都懒得抬一下。

"老师来了。"徐昊然说着一下子坐了起来。

江珊迅速地合上书，一把抽过一边的练习册开始做题。

写了三道选择题后，她抬起头环顾了一圈，发现教室里仍旧热热闹闹的。

江珊合上练习册，狠狠地敲了一下徐昊然的脑袋 "你无不无聊！"

"你别看了，你化学作业写完了没？"徐昊然语重心长地说，"没写完就……陪我聊会儿天呗。"

"聊什么聊？背你的文言文去！"

很遗憾，他们并没有实现老师理想中的"互帮互助"，而是开始了互相整蛊的日常。徐昊然无数次在江珊看小说的时候用"老师来了"吓唬她，到后来不管徐昊然说什么，江珊都无动于衷继续看。当然，她是不会放过徐昊然的。

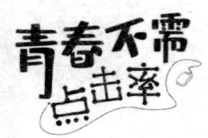

在班主任的化学课上,已经对内容滚瓜烂熟的徐昊然直接睡着了,江珊认真地做着笔记,写着写着,她突然拿笔戳了一下徐昊然:"喊你回答问题。"

一阵剧烈的桌椅挪动声,徐昊然睡眼惺忪地站了起来。江珊看着书,念念有词道:"氢气和氯气遇到光照……"

"氢气和氯气遇到光照会爆炸。"徐昊然大声说。

手里拿着化学试剂正要做实验演示的班主任停住动作,他看了看徐昊然,又看了看自己手中的液体:"我没有用气体吧……"

徐昊然一瞬间明白发生了什么,忙解释道:"不好意思老师,我看错了!"一个九十度鞠躬后,徐昊然狠狠瞪了一眼身边一本正经的女生。

下课后,班主任语重心长地对徐昊然说:"我知道你都会了,你可以不听,写其他科的作业都可以。但你别影响我上课啊,你这么搞,我也很尴尬的。"

徐昊然一个劲儿地道歉,而他隔着窗户,都能听见江珊和徐晗筱在走廊上放声大笑的声音。

徐昊然想,可能真的是一报还一报吧……

3

经过这件事后,徐昊然和江珊的同桌关系可以说是水深火热了。虽说徐昊然那惨不忍睹的语文卷子全靠江珊拯救,江珊的化学作业不给徐昊然看过根本不敢交上去,但他们每天一见面都会剑拔弩张地先向对方喊话。

"我不会放过你的!"

"走着瞧!"

第四章

从前从前

于是那几天徐昊然上课都不敢睡觉，怕被江珊揭发。江珊自习课都不怎么敢看小说，怕老师来了徐昊然不喊她。

变故发生在一节自修课上，徐昊然正在帮江珊改化学作业，而江珊正看到男配角身中一剑，不知有没有死掉的关键时刻，徐昊然突然一把抢过她抽屉里的书，扔到他们中间放练习册的小箱子里。

江珊手里的笔转了一圈，迅速在数学试卷上写下一个公式。她的脸有些泛红，手里的笔却继续把数值代入了公式，在卷子上留下一个根本不可能被解开的方程。

等到身后的阴影离去，江珊一把画掉方程，徐昊然侧过头来："机智啊。"

"多谢。"江珊抬手一抱拳，然后迅速从箱子里拿出她的书。

"你还看啊？"徐昊然失落地趴在桌子上。

"关键时刻。"江珊说完，继续去黄金屋中寻找她的男配角了。

虽然江珊还是不会如徐昊然所愿"陪他聊天"，但他们的革命友谊正在不断地升华。

江珊觉得，虽然徐昊然有的时候真的很讨人厌，但在关键时刻，她还是非常需要徐昊然的江湖救急的。

特别是在化学实验课的时候。

江珊一度认为自己之所以这么讨厌化学，一定是因为要做实验。这些随时可能让自己毁容的化学试剂让她避之不及。以前和徐晗筱做同桌时，两个手残党不知搞坏过多少器材。现在好了，有了大神徐昊然，江珊乖巧地坐在一边，打算看着他完成所有工作。

"你好歹站起来洗个试管吧，这么坐着会被老师看到的。"

"哦。"江珊从徐昊然手中接过他倒出一半的紫色液体，一把倒进水池里，水花溅得整个洗手池都染上了紫色。

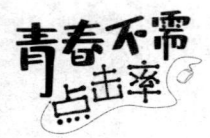

"喂!你温柔一点儿啊。"

"这又不是硫酸,没有腐蚀性吧?"江珊突然紧张起来。

"没有是没有……"徐昊然的话还没有说完,江珊已经兀自打开了水龙头,清洗起试管来。

只要不会毁容,什么都不是问题。

等到江珊发现事情不对,已经是两小时后的自习课了。

"这这这是什么东西?"江珊一把拉住徐昊然的衣袖,把自己的手举到他的面前。

"高锰酸钾。"徐昊然回答她。

"没毒吧?"江珊确认了一下自己的记忆,"高锰酸钾是什么东西,为什么擦不掉?我刚用了点儿水怎么也洗不掉。"

"是洗不掉的。"徐昊然说,"你是不是刚才洗试管的时候沾到手上了?"

"什么叫洗不掉?"江珊使劲儿地揉了一下,"那难道就这样了吗?虽然紫色很洋气,但这个形状和位置也太怪异了吧!到底要多久能褪掉啊?"

"正常的话,小半周吧。"看到江珊一副"要死了"的表情,徐昊然忍不住笑了起来,"算了算了,还是我来拯救你吧。"

徐昊然从书包里拿出一个小瓶子,倒出一把小药片,然后直接扔进江珊的保温杯里。在江珊目瞪口呆的表情中,把水倒到了纸巾上。

他拉过江珊的手,把浸湿的纸巾敷在她的手腕上。

女生有些惊讶地看着他一系列的动作,不知道是因为被高锰酸钾气到,还是别的原因,江珊的脸色红彤彤的。

徐昊然松开她的手,紫色果然有些淡了。

"再搽一下吧,应该能够退掉。"

"哦。"江珊愣了一下,伸手拿起徐昊然的小瓶子看了一眼,"维生素 C?"

"嗯。"徐昊然说,"维生素 C 有很强的抗氧化性,所以和你手上残留的高锰酸钾会发生氧化还原反应。"

"你很聪明啊。"江珊把手腕上的紫色彻底擦干净,然后把药瓶还给徐昊然。

"你拿着吧。"

"不要啦。"江珊有些不好意思,"我以后不会再洒手上了!"

"不是这个,"徐昊然说,"你不是牙疼吗?吃点儿这个蛮好的。"

"欸?"

 4

临近高考,自修课越来越多,每次都超快做完数理化卷子的徐昊然,在这种时候显得格外无聊。他试图向江珊借小说看,最后还是觉得"青春如同悬在头顶上的点滴瓶,一滴一滴地沉逝干净。而窗外依然是阳光灿烂的晴朗世界"这样毛骨悚然的句子难以接受。

徐昊然拿着江珊的语文卷子翻来覆去,叹了一口气。他因为懒得看长篇大论的阅读题,所以每次语文试卷都是拿江珊画过关键句的看,但是现在,看到江珊密密麻麻写着的答案,徐昊然连抄的兴趣都没有。

"这个外国文学,人名都读不明白,就不能写得清楚一点儿吗?"徐昊然抱怨道。

"那你来写喽。"江珊说着笑了一下,"你们男生写故事是不是就是把自己当主角,然后一路过关斩将当上皇帝?等你写一本,

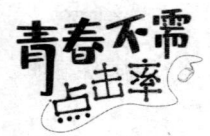

男主就叫'徐昊然',多简单。"

"喊。"徐昊然瞄了一眼江珊正在看的书,"我才不写这种没深度的文章呢。"

"哟,那你编一个给我看看啊。"江珊说。

"从前有一个人,就是我的主角。他从小就立志要一统天下,成为世界上至高无上的王者。然后他南征北战,打败了无数坏人,终于当上了国王。"

"So(所以)?这和我刚才说的有什么区别吗?"

"重点是故事的最后!国王不是登基了吗?最后一幕,他接受群臣的朝拜,然后走出去,站在宫殿的最高处,看着自己望不到边的王宫,对跪在下面的臣民说:'看,这就是朕的江山。'"

江珊听完,狠狠拍了一下徐昊然的脑袋。

其实,关于"江山"这个梗,也不是第一次说起了。

语文有一节选修课,讲到白居易的《长恨歌》时,语文老师突然开始感叹人生,然后就问:"所以有一个古老的命题,你们到底是爱江山还是爱美人?要面包还是要爱情?"

"当然是爱江山。"徐昊然抢答道。

班里闹哄哄的一团,大家叽叽喳喳地讨论着,谁也没有注意到,男生说完答案后突然涨红了脸。

 5

徐昊然还陷在回忆里不可自拔,突然就被人打断了思路。

"江珊,班主任找。"同学传完话,又道,"对了徐昊然,还喊你拿作业了。"

"走吧。"徐昊然起身,看向江珊。

第四章

从前从前

"我不去……"女生趴在桌上,"肯定是讲我这次考试考得差。"

"走啦。"徐昊然拽了她一把。

江珊猜的没错,班主任一看到她就是劈头盖脸的一顿数落:"你这个大题怎么答的?第一步都没对还继续往下写,你以为编故事呢?能不能检查一下?"

江珊咬着嘴唇接过自己的卷子。

"还有徐昊然,你这张语文试卷怎么五个选择题都能选错?你蒙也能蒙对一个吧?你这语文成绩是怎么回事?我记得你高二刚进来的时候成绩还挺不错的啊,怎么越来越差了?"

"哦。"徐昊然应了一声,"可能越来越难了吧。"

"你们两个都偏科很严重,平时呢,徐昊然你多给她讲讲题,江珊也要监督他把课文背了。快高考了,再努力努力吧。你们俩成绩还不错,要是考不上重点就可惜了。"

一回到教室,江珊就把自己的化学试卷丢给徐昊然:"这个方程根本就配不平嘛!我除了瞎编还能怎么办?"

徐昊然翻了一下江珊的卷子,道:"你这化学式都写错了,方程能配平才怪,硫酸钠的 Na 后面带 2,Na_2SO_4。"

"哦……"江珊拿过书,开始配她的方程,然后就发现自己真的犯了一个很低级的错误,"啊,我到底为什么要选理科。"

"问你啊,你语文、英语那么好,为什么不去学文科?"徐昊然问她。

"不是说语文、英语好在理科班有优势吗?"

"这你都信?"

"好吧,"江珊无奈地说,"我可能填志愿的时候脑子里进了

H_2O（水）。"

"嗯，能知道 H_2O 你也不错了。"

"行了吧，是哪个傻子选择题全错，作文偏题的。"

"作文题目都那么多字，鬼晓得他到底要我写什么。"

"所以就像我一样，多看看小说就能领会主旨了。"江珊说着，把自己刚看了一半的书丢给了徐昊然。

一般来说，徐昊然是会拒绝这种少女风的言情小说的。但他今天又提前写完作业了，干脆就来检阅一下江珊同学看书的品位。

在一通莫名其妙的心理描写后，男女主终于相遇了，电光石火的一瞬间，女主角就爱上了男主角。

"啧啧啧。"徐昊然一边看，一边吐槽，"这都什么啊？女主角刚才还在宿舍说最讨厌高冷的人，一看到男主角就变了？"

"就是这样，由厌生爱，这才是感情的最高境界。"

"那这个男的干吗喜欢这个女的？这么多女生跟他告白他都拒绝，偏偏就喜欢这个女主角？"

"因为是女主啊。不然还有什么好看？"

"所以说这种书到底有什么好看的？"徐昊然简直不能理解女生的爱好。

"什么东西那么好看？"突然的问话让两个人都愣了一下，他们抬起头，就看到了站在窗口的年级主任。

主任推开窗，从徐昊然桌上把小说拿了过去。

 6

"江珊，你第几次了？"年级主任走进教室。

"不是的，主任，是我在看。"徐昊然主动把错往自己身上揽。

第四章

从前从前

"不用你说。"主任瞪了一眼江珊,"你还学会祸害别人了?"

"不是的,主任,这书是我的。"徐昊然继续坚持。

"你?你去买这个……"主任看了看封面,"《霸道总裁爱上我》?"

班里爆发出一阵哄笑。

徐昊然一本正经地说:"对的,就是我买的。学校书店,打八折买的。"

"你给我出来!"

徐昊然从办公室回来的时候,江珊正趴在桌子上眼巴巴地望着他。

"没事吧?"江珊说,"谢谢你啊。"

"没什么。"徐昊然说,"就是……书被他没收了。你是不是还没看完啊?"

"啊……"江珊有些失落,"所以就不知道男女主最后到底在没在一起了。"

"明显在一起了啊。"徐昊然说,"这么傻的男主角和这么傻的女主角,简直是天生一对。"

"说什么呢!"

"真的,你看这种书还不如我给你讲个故事,比它真实多了。"

"讲吧你。"

"从前从前……"

"然后呢?"

"有个人……"

丁零零……徐昊然话音刚落,晚自习的铃声打响,后排的男生一下冲到徐昊然的位子边上:"走了走了,吃夜宵!快饿死了!"

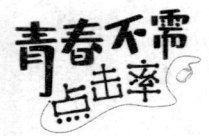

徐昊然看了江珊一眼:"明天再给你讲啊。晚安。"

"嗯,晚安。"

徐昊然以为自己终于在江珊的心里树立起了光辉伟大的形象,没想到第二天的早自习就被打回原形。

早上一来,江珊就认真地背着英语作文,头都没抬一下。徐昊然看了一会儿书,就侧过头来看一眼江珊,可对方完全没有要理他的意思。

徐昊然忍不住问起来:"喂,我昨天跟你讲的那个故事,还没讲完呢。"

"行了吧。"江珊说,"不是从前有座山就是从前有个国王,你几岁了?还写童话故事呢。"

"好吧。"徐昊然叹了一口气,果然江珊昨天可怜巴巴的表情只维持了几个小时,一觉醒来又恢复成女魔头的样子。

时间就在这样的打打闹闹中过去,很快就到了高考前的那一周。每科又发了一套模拟卷,说是让他们再熟悉一下题型和分值,然后就不会再发卷子了。

"借我看下。"徐昊然照例要拿江珊的语文卷子看。

"都最后一张了你还抄。"江珊说,"不是让你自己熟悉题目吗?"

"那我也得熟悉一下标准答案啊。"

"喊……"听到徐昊然的恭维,江珊在心里窃喜了一下,就去跟数理化大战了。

没过多久,认真做题的江珊突然被徐昊然的惊呼吓了一跳。

"哎呀,完了。"徐昊然看着自己的答卷纸,紧张地说。

第四章

从前从前

"怎么了?"

"抄得太开心把你名字也抄上去了。"

"你是不是傻的啊?"江珊伸手想去拿徐昊然的卷子看,却被徐昊然一把拦住了。

"不能改不能改,名字一改太显眼了。"

"那你想怎样?"

"你的卷子不是没写名字吗……"徐昊然翻开江珊的卷子,"你写我的呗。"

"你真傻啊,我们字不一样,一眼就看出来了。"

"没事,最后一张卷子了,老师不会仔细看的。"徐昊然说,"他就那么随便一翻,哪里会特意歪过头去看名字啦。"

虽然江珊还是觉得非常不靠谱,但在徐昊然的一味坚持和请她吃夜宵的利诱下,她只能妥协,在自己的答题纸上写上徐昊然的名字。

就当是学生时代最后一个玩笑了。

第二天,那张卷子果然被原封不动地发了下来。江珊要换回来,徐昊然不肯。徐昊然的一次笔误,就这样毫无波澜地掀了过去。

江珊很快忘了这件事,也不记得卷子被自己丢到哪里去了。

直到在这么多年以后,徐晗筱从她的旧物箱里翻出这张试卷。

"是……徐昊然的?"她问。

7

在徐晗筱提到"徐昊然"这个名字的时候,江珊回忆了一下,才想起可能真有这么一件事。

"你为什么觉得是徐昊然的?"江珊问。

"高三的卷子嘛,除了他还有谁啊?"

江珊不是很懂徐晗筱的逻辑,她翻开那张答题纸,反面是作文纸,徐昊然居然真乖乖地写完了一整篇作文。

江珊从第一行看过去,上面写着:我给你讲个故事吧,从前呢,有个人……

江珊好像忽然就想起了什么东西。

像是被遗忘在某个角落的,在这一瞬间突然被重拾起来,记忆在这个节点后忽然就连成线。

那是在高一的某个傍晚,那个人收拾完东西准备回家,走廊上零零散散地站着好几个人,有的在偷偷玩手机,有的围在一起看八卦杂志,然后呢,那个人就看到了你。

算了,虽然老师说写作文不要用第一人称,但我还是觉得用第一人称比较方便。

嗯,你说的没错,男生讲故事就是喜欢把自己当主角。我就是"那个人",那是我第一次见到你。当时,你就站在走廊上看书,拿着一本有些厚的、纸质的书。当时我只是觉得,这个女生和周围的人有些不一样。

然后我就走过去了。

可是不知道为什么,路过你身边后我又回头看了一眼。很巧,你应该已经不记得了。但那个时候真的,很巧,在我回头的时候,你也抬起头看了我一眼。

是十二月初的时候,已经冬天了,日落很早。我记得那一瞬间,夕阳就在你身后,特别好看。

虽然过去了这么久,但我现在回想起来,还是觉得那片夕阳真的很好看。

夕阳下的你啊，身上闪着毛茸茸的光。

后来，也不是故意的，有些不自觉地，就会经常想往你们班走。路过的时候瞄一眼，看到你在写作业，看小说，或者和旁边的人聊天。路过得多了，和你们班的男生都成了朋友，却还是没能认识你。

不过，幸运的是，高二和你分到了同一个班，看你化学成绩不好，我就申请当了化学课代表，几乎每次月考后都会来喊你去办公室。想想也是很傻，就为了这样一次和你讲话的机会，我当了两年的课代表。

没想到这么快就高三了，班主任跟我提要在班里换位置，排"互帮互助"小组，我就跟他说我的语文真的看不懂题。

你知道吗？在老师同意你做我同桌的那一刻，我真的非常高兴。

8

江珊才知道，原来徐昊然的文笔那么好。

那个时候高考出分，徐昊然的语文成绩几乎是平时的两倍，他们都说他运气好。可是江珊觉得，他或许从来就没有不记得实词、虚词的意思，从来就没有认不出错别字、读不准拼音。

江珊打开那张试卷纸，作文的题目给了很长一段材料，放到现在她也看不明白到底要写什么。她继续往下看——

同桌，这一年给你添麻烦了。嗯……你应该很快会发现，其实我不是不会做那些题，我只是想看你的试卷而已。

那些题并不难，对我而言，这世上最难解的题，就是……你。

我不知道要怎么说。所以，我把这个故事写在这里。

"你为什么觉得是徐昊然的?"放下卷子,江珊又问了一遍。

"这还不明显吗?"徐晗筱指了指卷子,哭笑不得地说,"很显然,他是故意跟你换试卷的。"

"我……"

江珊想要反驳,却忽然想起那一次的选修课,老师问:"你们爱江山还是爱美人?"

"当然是江山了。"徐昊然脱口而出,然后就低头翻书去了。

像是有什么东西在心头轰然炸开,江珊的视线逐渐模糊起来……

 终

"我给你讲个故事吧。"

"讲。"

"从前从前,有个人……"

"嗯?"

"从前从前,有个人注视了你很久。"

第四章

假如梦的尽头是你身旁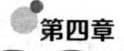

假如梦的尽头是你身旁

文/遥淼

那是许留第一次见她除了不屑一顾的冷笑外,露出普通女孩子的笑容——很阳光,像朵毛茸茸的花。

1. 同学,你走错教室了

"请问,这是篮球社的报名处吗?"

许留正叼着一根鱿鱼须,脚架在桌子上,一个声音突然从很近的地方传来。因为听见是女声,还以为是老师,他慌慌张张地把脚放了下去,结果发现面前是个看起来跟他们差不多大的女孩。

"是。"他立刻又懒散下去,"不过……同学,我们不收女生。"

"为什么不收?国家还有女子篮球队呢!"

"说不收就是不收啦。"许留没想到她那么坚持,感觉有些好笑,"你想想,就你一个女孩,真到了场上,大家怎么跟你身体冲撞,对吧?"

教室里其他社员顺着许留的话幻想了一下,一起哄笑起来。

不过仔细看,这姑娘的外表还真不赖,目测穿着球鞋也有一米七的身高,很瘦,头发很长,梳着马尾也将近到腰了。要是队里真有这么个"吉祥物"……这么想着,有人凑上前在许留耳边说了两句。他站起来,走到女生面前,态度来了个一百八十度大转弯:"这位同学……你叫什么名字啊?"

"朱珠。"

猪……许留一个没忍住,"扑哧"笑了出来。见朱珠脸黑了,他深吸一口气,勉强把笑憋了回去:"你要是真喜欢篮球的话,我去和啦啦队的社长说一声,你去啦啦队,肯定能当队长。"

许留以为自己说了个很好的提议,没想到朱珠的脸更黑了,留下"免谈"两个字,便利落地转身走人了。

留下一屋子大男生面面相觑,不知道自己究竟错在了哪里。不过,看到朱珠这种反应,许留反而对她多了一点儿好奇。

进入高三之后,许留的心情一直很不好,他知道自己很快就不能继续担任篮球社的社长了。这个篮球社是他一手建起来的,几乎集结了整所学校所有身体素质不错又对篮球有兴趣的男生。也因为他,他们这所学校的篮球队连得了两年全区第一,也进过市决赛。

可眼见着他面临升学压力,需要找个人代替他,却没人愿意接手。许留虽然继续招纳新人,想从高一新生里发现些人才,可连续几天,自己找上门的人寥寥无几。一来二去,他也没了耐性,正在这时,朱珠出现了。

很奇怪的,许留居然能从朱珠的眼睛里看出她对篮球的热爱胜过很多男生,可惜……她是个女生。

许留放学提着书包从楼道走出来,就看见操场上,朱珠站在三

第四章
假如梦的尽头是你身旁

分线外，一个漂亮的空心入篮。

他嘴里叼着的棒棒糖，"咔嚓"就咬成了碎块。

2. 现在说这话，抱歉，晚了

从那时起，许留就开始暗中窥探朱珠的情况。高一新生和他们不在一座楼，他安排了很多眼线，总算了解了个大概。

净身高一米七四，只有一百出头的体重，体育特长生。人很酷，开学一个月几乎没和人说过话。

越研究越觉得这姑娘有意思，他上一次觉得一个人有意思，还是高一的时候呢。

偷了朱珠班上的课表，许留决定去看朱珠上体育课。他坐在操场边看见队伍一解散，朱珠就拿了个篮球跑到角落的一个篮球架下自己玩了起来。许留认真观察了一下，还是摇了摇头，虽说比起一般女生强很多，但也不过是三脚猫的功夫。

"喂，需要对手吗？"

朱珠认出他，多少有点儿惊讶，但也仅仅体现在挑了挑眉："不用。"

"没有对手怎么练啊？"许留跑到她对面，做出防守动作，"来吧。放心，我不会趁机占你……"

话还没说完，许留就感觉右边一阵风，头顶上的篮球已经入篮了。

许留愣在原地，他没觉得丢脸，只觉得不可思议，虽然女孩身体比较灵活，但是……这一切发生得太快了。

"喂，要想和我打，就好好打一场，"朱珠反手把球丢给他，"别把我当女生看。"

他俩的这场一对一篮球赛，引来了好多人围观。起初许留还收

敛几分,最后竟然不得不认真对待。他必须承认,他低估了朱珠的实力,除去一些女生先天的身体不足,朱珠技术上完全不输男生。她能做到如此地步,一定付出了很多辛苦。一直到下课铃响,还是许留略胜一筹,不过他并不因此而开心,他开心的是,找到了一个很好的对手。

"喏,请你。"许留买了两瓶水,递给朱珠一瓶。人已经散得差不多,操场上只有正午暖洋洋的阳光,"这年头女生要是都像你这样,叫男生多没成就感。"

"我活着又不是为了让你们有成就感的。"

"你从什么时候开始打篮球的?"

"初二。"

"那也不过两年啊。"许留赞叹,"你到底经过了怎样的训练啊?"

朱珠听到他的话,突然笑了。那是许留第一次见她除了不屑一顾的冷笑之外,露出普通女孩子的笑容——很阳光,像朵毛茸茸的花。

"每天早上五点起床跑步,晚上做有氧运动和力量训练。看每场比赛,不放过任何一个练习和与人比赛的机会。我觉得只要想做,就做得到。"

"为什么会选择篮球?"

"可以不说吗?"

"随你。"许留也不想打听人家不想说的事,他对朱珠伸出拳头,"我收回那天说的话,我愿意破例收你进来。"

朱珠没有和他对拳头,而是跳起来就往校门外走。

"现在说这话,抱歉,晚了。"

这女孩到底要装酷到什么程度啊?许留还是第一次这么上赶着对一个人,对方还不领情。他在后面追着喊:"喂,那天我态度是不大好，但你毕竟是个女的啊。"

朱珠停下脚步，对着一个劲儿在耳边念经的许留说："我活着又不是为了让你们认可的。"

许留突然觉得这台词很耳熟，触发了他脑袋里的一个记忆关卡，他眯起眼睛想了想，突然问："你认识邵安呀？"

问出口之后许留又觉得自己很唐突，怎么可能呢，据他打探的情报，朱珠和邵安又不是一个中学毕业的，世界哪有这么小？

可他分明看见朱珠脸上的表情像慢镜头一样，一点儿，一点儿，阴沉了下去，像浸在一片漆黑湖水里的月亮。

"对，我认识。"她说。

"真的？"许留一下子兴奋起来。邵安可是他一直很尊敬的对手，自从打过一次比赛，就念念不忘，"他现在怎样？在做什么？"

毫无预警，眼泪从面无表情的朱珠眼睛里滚落。

"他死了。"

3. 他是我这辈子，最重要的人

两年前的那场比赛，许留至今记忆犹新。那时他组建的篮球社刚刚站稳脚跟，便遇到邵安带领的队伍。

原本信心满满的比赛，结果输得一败涂地。

那年的市高中篮球联赛冠军就是邵安带队得的，而且听说邵安当时被正式球队的教练看中了。邵安的个人素质非常好，高一时就有一米八九的身高，天生的优秀弹跳力。在许留心里，邵安简直是篮球天才。

可是仅仅过了两年不到，得到的消息居然是——这个人不在了。

看朱珠的态度也能明白，一定发生了很严重的事。

从那之后,许留没再跟朱珠提过打篮球的事,但他也不知道自己是怎么了,居然无法控制地总是想起朱珠来。买饭的时候总是不自觉地多捎一份,下课时也总喜欢往外面转,甚至每次摸起篮球来都精神不集中。

"喂,你想干吗?"

第十二次,午休把饭丢在朱珠桌子上转身就走时,许留被叫住了。他尴尬地回过头,看见朱珠一手托着腮,半点儿不好意思都没有。

"把这献殷勤的工夫,用来干点儿正事吧。"

朱珠答应进篮球队,但有个条件,如果许留答应,并且真的能做到,那她从此以后唯他马首是瞻。除非他嫌烦,不然她绝对不会离开。

许留答应了。

可是他不是图什么唯他马首是瞻,任何感情都不该拿来当赌注。他明白朱珠会这么做是因为那件事很重要,重要到完全压过了她心中其他的情感。

他之所以答应,是因为觉得,这或许是打开朱珠心里那道锁的最好办法。

朱珠提的要求,确实有点儿难。得到下半年举行的高中篮球联赛的市级第一,然后晋级全国决赛。第一并不是目的,打败一个队伍才是目的。

那个学校是在许留高二下学期才参加市区比赛的,只因为他们学校来了一个非洲留学生。自从这个学校开始参加比赛,几乎战无不胜,很多学校在碰了钉子之后,就不再申请比赛了。

也包括他们。

可现在,单凭朱珠一句话,许留就得向这个冠军队发出挑战。

果不其然，当他把这件事情和队友们一说，大家都觉得他疯了。队友大部分都已经是高三的学生了，应该把时间放在学习上，而且就算他们愿意，老师都未必同意。

"我坚持。"说出这句话时，许留却在心里嘲笑着自己，他都不知道自己究竟在坚持什么，怎么能勉强别人，"谁愿意，就跟着我，不愿意，我不勉强。"

最后还是有人愿意留下来陪许留疯，勉强凑够了五个人，可是没有替补，万一他们五个人里有人不能撑全场就完了。

"没关系，我再想办法。"

拍了拍好兄弟的肩膀，许留走出活动教室，黑暗里靠着墙的人影吓了他一跳。朱珠从黑暗里走到他面前，微微仰头对他说："算我一个。"

许留抬手按住她的脑袋，苦笑着："你是疯子吗？"

朱珠粗暴地打掉了许留的手，理直气壮地回嘴："照这么说，你不也是疯子吗？"

许留心里想，那还不是因为你。

就在这时，偷听的队友们钻了出来，在他俩身后发出整齐划一起哄的声音。许留"咻"了一声，却心慌意乱，赶忙往楼道外走。

就在他前脚刚刚踏出楼道时，身后传来脚步声。他停住，听到朱珠认真的声音："无论结果怎样，谢谢你。"

许留没吭声。

"他是我这辈子，最重要的人。"朱珠顿了一下，"你知道，'最'这个字的意思吧？"

许留没有回头，尽力调整着自己的呼吸。然后他抬起手，五个手指随意地动了动，淡淡地说："走啦。"

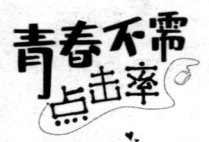

4. 谁说他不在了，你现在看见的，就是他

那个假期，许留拼尽了全力练习。偏偏又是个酷暑，他却每天都在室外有篮球场的地方抓紧训练，汗流得像自来水一样。

"喏，注意补充水分。"

刚坐下休息，面前突然出现一瓶运动饮料。许留诧异地抬起头，朱珠逆光站在他面前。

"你怎么在这儿？"

朱珠指了指一条窄马路对面的居民楼："不好意思，偏巧我家就住在那儿。"

许留这才意识到，他俩的家居然只隔着一条马路和一个花园。

"两个小时。"朱珠在他身边坐下，"两个小时完全没有休息，练习方式一点儿也不科学。"

"我没事，不用担心。"

"谁担心你了？"朱珠傲娇地把头转到一边，"我是怕你还没比赛，先把身体练坏了。"

许留静静地笑了，他知道朱珠说的不是真心话。

"喂，那次说的赌注，我可以不要，我不勉强你。"他又一次伸手按住朱珠的头，"不过，有些事有些人，既然回不来，我劝你还是早点儿走出来。"

这一次，朱珠没有立刻打开他的手，许留反而有些不习惯，可他还没来得及把手拿开，手腕就被狠狠咬住了。

"喂！"

许留跳起来，甩着胳膊，不可思议地看着面无表情的朱珠。他胳膊上的牙印，可不是闹着玩的。

"只有我爸妈和他才能碰我头发。"朱珠冷着一张脸。

第四章

假如梦的尽头是你身旁

许留心中颇为不服气地哼了一声，继续把那只带着深深牙印的手，死死按在朱珠脑袋上。

"不是说了，他已经不在了吗？"

毕竟是女生，朱珠死活也移不开他的手。异常烦躁，和好像快要下大雨的天气搅拌在了一起，她感觉自己活活像只被丢上岸的鱼。

"放开！"

突然爆发的声音，本着开玩笑的许留被彻底吓住了。力量刚一松懈，朱珠就甩开他的手臂站起来跑开好远。

隔着距离，有雨点落在他俩中间，这场雨下得很急。许留醒过神来，刚想告诉她快点儿回家，她却突然以一种同归于尽的气势冲了回来。许留下意识地退后一步，朱珠就停在离他很近很近的面前，脸上不知道是雨水还是眼泪。

"谁说他不在了？你现在看见的，就是他。"

许留半张着嘴，只听见一声响雷，雨突然像有人在云上扣下一盆水一样，猛烈地砸了下来。

朱珠从五岁起就崇拜邵安，小时候的她很软弱，被同龄小孩欺负，是邵安冲出来替她打抱不平。从那时起她就一直追着邵安跑，也是邵安手把手教她打篮球。但那时她注意力根本不在篮球上，她只是想借篮球多接近邵安而已。她看邵安的每场比赛，扬言以后要做邵安的经纪人。

她以为她的人生会一直这样下去。

只是她不知道邵安瞒着所有人一件天大的事——他有很严重的哮喘病，一直小心翼翼地吃药压制着，连父母都以为他的哮喘已经好了。可是越来越大的运动量使他犯病次数越来越多，直到他的巅峰期，在通向正式赛场的选拔上，他哮喘病发作了，药却用光了。

他强撑着,想挨过去,最后被发现倒在休息室里。

邵安最后的比赛,输给了那支球队,没有得到冠军。

就在邵安出事的一个月前,朱珠突然视力下降,被确诊为眼角膜脱落,面临着失明。

一个月后,邵安将他的角膜移植给了她。

从那时起,她觉得自己只是邵安在这个世上的替身而已,她要替邵安完成梦想。

可是……偏偏,她是个女生。

 5. 别那么壮烈,你不过是个女孩

比赛从一开始就很困难,老师根本不赞成高三的学生继续参赛。许留一趟一趟跑办公室,最后才勉强得到允许。前提条件是,第一场要赢。如果第一场不赢,立刻退出。

结果,他们第一场抽到的对手就很强。但他们赢得还算容易。结束后大家兴致都很高,许留招呼朱珠一起吃饭,她却收拾了东西要先回家。

"别那么扫兴嘛。"许留揉了揉鼻子,"庆祝一下又不过分。"

"庆祝?都做到了再庆祝吧。"

许留看着朱珠离开的背影叹了口气,高兴的心情全没了,草草跟队友告了别。一路上他回想起那天朱珠说的事情,越想越觉得,这女孩给自己身上加的枷锁太重了。

他要替她卸下来。

快走到家门口时听见远处公园里有篮球一下一下拍地的声音,许留本来已经走了过去,却又折回来。隔着铁丝网,他看见朱珠一个人在寂静的篮球场上做着练习。小小的篮球场,只有前后两盏昏黄的路灯,把人衬得寂寞极了。

许留默默看了一会儿,出去买了水和一份晚饭,偷偷放在篮球场的边上,离开了。

之后一个月,高强度的比赛,虽然也有失败,但总算是跌跌撞撞地一路到了紧要关头。这时原本一点儿也不上心的校方也关注了起来,看起来事情是向好的方面发展,可只有他们知道,彼此的体力和精力已经所剩无几了。

果不其然,第一节一个场上队员就小腿痉挛,只好暂时换上个板凳队员。第二节快结束时,对方一个看不出是有意无意的肘击,正击在许留的鼻梁上。朱珠立刻喊了暂停,但许留鼻血流得严重,不止住肯定不能再剧烈运动。

"我上。"

"不行。"

"马上第二节就结束了。"朱珠擅自请求上场,对方学校一阵哗然,大家议论纷纷,怎么会有女孩要上场,"等你好了,再替我。"

许留挣扎着想起来阻止她胡闹,但刚才那一下,他头晕得厉害,而且腿的酸疼似乎也到了极限。

"别拿我当女生,我行的。"

虽然异议很大,但似乎也没有先例证明不能让女孩子上,所以朱珠还是上场了。突然这么奇怪的变动,反而打乱了对方的节奏,而朱珠神奇的不属于女生的技巧,更是让他们瞠目结舌。趁着这个时间,许留在下面努力给自己和队友做按摩。

比赛结束,他做了个大胆的决定——他要让朱珠留在场上,和他一起打完下半场。

果不其然,下半场一开始就如他所料,对方知道即使这边是个

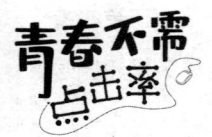

女生也丝毫不能放水,开始马力全开。许留暗自捏了把汗,毕竟在身体冲撞上面,朱珠不可能占优势。她一次次被撞倒在地上,每一次都一声不吭地迅速爬起来,终于有一次,虽然她咬着牙,许留还是听到下意识的一声痛呼。他停下脚步想去拉她,却撞见她直直的眼光。

许留明白她是在说——继续比赛,不用管她。

但他还是跑过去伸出手:"别那么壮烈,你不过是个女孩而已。"

朱珠站在场上,看着许留的背影,突然想起了从前,她每次都站在线外,为邵安喊破了喉咙,可邵安都不会转头看她一眼。有一次,失控的篮球朝她飞来,高速旋转的球正砸在她的眼睛上。

但是把她扶起来的是其他人,不是邵安。

她也不知道后来眼睛的病变和那次的事情有没有关系,但她知道的是,当她眼睛缠着纱布,在医院倍感无助的时候,邵安并不知道。那时候的邵安,一心只追逐赢。

后来的角膜移植,只是邵安父母的主意罢了。

所以……她到底在追逐什么呢?

最后一个三分球投进的瞬间,全场结束的哨音也响了。许留从她身后跑过来,一把揽住她的肩膀:"喂,笑一个,我们赢了呢。"

她看着许留,血都没擦干净,一脸汗水的脸。她的眼泪不自觉地流了下来。

♥ 6.我要的不是冠军

许留毕业离开学校那天,整个篮球社的人拍了一张合影。拿在他手上的,是那一年,市高中篮球联赛冠军的奖杯。

连许留自己都没想到,因为这场比赛,他的人生改变了不少。

第四章

假如梦的尽头是你身旁

首先是他的个子好像又长高了,而且他高考因此加分了,并且接到了全国最好的体校的录取函。

从未想过大学要考去远方的他,真的要收拾行李上路了。

这一切,好像都是因为,他遇见了朱珠。

最后的那场比赛,好像根本没有赢的可能。对方的黑人队员体格上先天占优太多,两个人都拦不住他。

直到第二节,朱珠想了个冒险的方法,由她上场,利用身高差和灵活度来误导对方。

但这个办法也仅仅是缩小了分差,却更大地激发了对方的斗志。第三节时,对方故意用手肘攻击许留,裁判却没有看见。许留咬牙忍着肋骨剧痛,跑步速度明显慢了下来。

这些朱珠全看见了。她想说,放弃吧,她早就不在乎输赢了。虽然她从睁开眼睛,知道自己移植了邵安的角膜那天起,就只有替邵安继续打篮球这一个想法。可到了如今,她突然明白,这样勉强,毫无意义。

那个人不在了。即使赢了,得到的也不是属于那个人的奖杯。更何况,她很清楚,那个人就是败在太想赢上。

正在这时,裁判哨响,黑人队员第三次犯规。而许留倒在地上,好像起不来了。

"你是在诱导他犯规吧?"

"他已经三犯了,也许会把他换下场。就算不下场,他也会收敛一些的。那最后一节,还有希望逆转。"

"不要……"朱珠想说,不要太拼命了。可是她说不出口,从一开始就是她在勉强,到这种紧要关头,她怎么能说放弃?

许留看着她的表情,就知道她在担心什么:"好了,没关系,

安心等着拿奖杯吧。"他抬起手下意识地想拍她的头,最后却落在肩膀上。

"喂!"许留已经走上场,听见身后的喊声,"我要的不是冠军!"

"我知道。"

把队友的球接到手里,转身半场外居然直接投篮,然后就没有再看球,而是看着朱珠:"我要你,用他的眼睛看着,得到这个冠军。然后,你就不欠他的了。"

全场都盯着那个球,然后,理所应当地……没进。

朱珠反而笑了,哧,耍帅。

黑人队员四次犯规之后,教练为了保险起见,还是把他换了下去,那时候离最后结束还剩八分钟。最后拼尽全力的八分钟,以一分险胜。

第一次拿到市级冠军,第一次,许留这个人在场上大放异彩。

朱珠站在场外,看着男生们开心地抱成一团,终于觉得,她这个决定或许并不是错的。

正在这时,许留突然朝她跑过来,一把把她拉到场中间,紧接着她尖叫着被抛了起来。

这是在邵安走后,她第一次发自内心的快乐。不对,实际上,她好像是整个少年阶段,第一次,那么快乐,真的要飞上云霄一般。

可是,没过多久,许留就毕业了。他只是草草地把篮球社交给她,什么话都没说。

关于那个赌注,也再没提过。

他们之间没了篮球,好像就什么都没有了。

所以朱珠有些气恼,明知道许留那天最后一次回学校聚会,她愣是没有去。

第四章
假如梦的尽头是你身旁

 7. 还有两年，来找我吧

"喂，真的不等等了吗？"

虽然朱珠一开始就说好不来，但大家都没有想到她真不来。而许留仿佛料到了一样，多一分钟也没有等。

比赛结束之后，高三进入最后的阶段了，他需要恶补落下的功课。另外，他其实不知道该怎么面对朱珠。那个赌注，他根本不知道该怎么提起。

有的时候，他会站在楼上，站在操场的角落，看朱珠仍旧像从前一样一个人默默练着篮球。但当朱珠回头，他就悄悄离开了。

相对地，朱珠也没有特别故意地来找过他。

真是冷淡呢。回家的路上许留想。虽然比赛到最后，其实也是在证明自己，并不完全是因为朱珠的拜托。但是，她居然都不愿来道个别啊。

就这样走到家门口，却迎面撞上坐在台阶上的朱珠，吓了许留一跳。

"你怎么知道我家在这栋的？"

"要你管。"朱珠显然已经等好久了，站起来第一件事就是跺跺脚，"告个别要这么慢吗？"

"我人气高啊。"

朱珠走到他面前仰头，还不等说话，一只手就直直按了下来。她的头被按了下去，刘海被故意拨弄得很乱，掌心的热度一点点传进了她的身体里。

"还有两年，来找我吧。"

在确认这次朱珠不会再对他使用暴力之后，许留笑着说出了这句话。

唯余豆蔻守孤城

文/薏苡薇

在她心中,有一个最明亮最英俊的少年,全世界无可匹敌。

 1

沈涅是个英俊又独特的男生,表情里百分之七十和"笑"字有关,时常骑着自行车疾驰在校道上,浑身散发出闪耀又悦目的光芒。

女生都喜欢这样健康明朗、令人过目难忘的少年,只要有他出现的场所,她们的目光总会多停留几秒,还会不由自主地脸红。

虽然沈涅并没有因此而自鸣得意,但有一天,碰到了对自己的外表视若无睹的女孩子时,他的心里还是有一点儿不爽的。

新开张的自助餐厅里,他盯着邻桌的女生足足看了十分钟,在这十分钟里,她三次端着盘子去取食物,来来回回地从他面前经过,却连一丝余光都没有分给他!

这个个子差不多有一米七高、身形偏胖的女生,丝毫感受不到

沈湦的恼怒，她只是专心致志地对付面前的食物，火龙果、蘑菇肠、炒饭、鸭肉卷……在全部解决完后，她终于放下筷子，打了个饱嗝。

"啧啧……九岁就能一口气吃下十个烤红薯的林豆蔻，还是这么能吃啊，自助餐厅都要被她吃垮了。"沈湦用挑剔的眼神打量着她，在他的记忆里，除了食量大到恐怖外，林豆蔻还有一个很神奇的技能。

目光在满桌的食物上扫了一圈，他用筷子夹起一只鸡腿朝她扔了过去，大喊道："快接住！"

众目睽睽之下，林豆蔻条件反射地把头一伸，精准无误地张嘴咬住了那个飞向自己的不明物体！

这场景实在太滑稽，沈湦忍不住抱着肚子狂笑起来："哈哈！林豆蔻，果然是你！你还记得我吧？"

接着，他走到她面前，露出一种"你敢说不记得，后果很严重"的威胁表情。

林豆蔻窘窘地咬着鸡腿，脸色涨得通红，不敢不点头。

就算她记不得他的长相了，但始终无法忘记，这些年里，把她当成宠物狗、故意丢食物让她张嘴接住的人，只有沈湦。

除此之外，在太阳毒辣的体育课上，躲在她的影子里乘凉，在大扫除时跑去偷懒，把自己的任务都丢给她完成，吃不完的剩饭也全都倒给她……关于沈湦的这些"劣迹"，简直不胜枚举。

林豆蔻没好气地用手揉一揉泛疼的太阳穴，因为感冒，她才来这家五折酬宾的自助餐厅，想要用食物来击败病毒，现在没有精力应付他，只祈祷他不要再给自己带来麻烦。

但事与愿违。

第四章
唯余豆蔻守孤城

 2

"你吃得可真多。"

沈涅对她说了这句话后,接了个电话,然后他用一种很理所当然的霸道口吻说:"朋友约了我去打球,这些我都不吃了,餐厅规定,剩下食物超过100克都要罚款,看在老同学的面子上,帮我吃完呗,反正你这么能吃。"

"反正"这两个字,让林豆蔻的脸瞬间垮了。大家都习惯了用既定印象去判定别人的需求,从来不会在意对方内心的真实感受。

她的父母认为,反正女儿这么能吃,身体肯定很好,所以根本没注意到她已经病了整整三天。

她的同学们都认为,这个长得高高大大、五官平淡无奇的女生,根本不需要别人的帮助。不仅不会像对待别的女生那样,热心地帮忙拧瓶盖、提重物,甚至还会把属于男生的重活分配给她。

最夸张的是,有一次语文课,老师讲到用花朵来形容女生,居然有人起哄了一句"林豆蔻才不是花朵,她是仙人掌!"大家都哄堂大笑起来。

多刺的仙人掌与娇嫩的鲜花,它们之间的差距像隔着一个银河系,她和那些被温柔对待的女孩子之间的距离差不多也是这样的。

看着沈涅那张英俊到好像是画报明星一样的面孔,林豆蔻在这一瞬间莫名产生了一种自我嫌恶感。

"我已经饱了,吃不下去了,你自己想办法吧。"她坚定地说出自己的拒绝。

然而沈涅看都没看她一眼,拿起她的手机拨通了自己的号码,一个字都没再说就大踏步离开了。

浪费食物是可耻的,林豆蔻吸了吸鼻子,忍住感冒带来的难受,

认命地努力解决沈涅留下来的食物。

在吃到最后一口时,一直被强行压抑的恶心感再也忍不住了,肚子里翻滚着的东西朝喉咙涌出,她匍匐下身体,那些恶心的呕吐物全都落在了干净的木地板上。

有穿着员工制服的男生连忙过来,轻拍着她的背,并且给她倒了一杯水。

遇到了温暖的人啊,林豆蔻小口小口地喝着水,带着愧疚之情望着男生清理地板,那人比她要大几岁的样子,有挺拔的身形、清俊的面容,胸牌上写着"钟叙"两个字。

发现林豆蔻在打量自己后,他低头向她微笑,然后惊诧地问:"你是不是发烧了?"

关切的口吻,贴在她滚烫额头上的手,让林豆蔻在这一刻忽然感觉到阵阵鼻酸眼热。

感冒了整整三天,所有人都不知道,刚刚沈涅即使跟她离得那么近都毫无所察,只见过一面的陌生人却一眼就看出了。

"我送你去医院吧,别担心。"钟叙倾了倾身,伸手探向她肩膀的场景,像是隔着一层迷雾,他的声音也像从很远的地方传来一样虚幻。

意识混沌的林豆蔻感觉自己好像看到了天使。

 3

那天晚上,钟叙在医院里陪她打完了四瓶点滴,并且确认她完全无事才放心离开。

食量惊人的林豆蔻吃东西吃到吐,还是第一次。被一个男生背着送到医院打针,接受来自异性的善意,对于习惯表现得坚强的她

第四章
唯余豆蔻守孤城

而言，也是第一次。

早上去学校的路上，林豆蔻绕了一点儿路，特意从那家自助餐厅门口经过，让她失望的是，餐厅还没到营业时间。

总要跟人家道谢的吧，午餐时间，她给自己找了借口，再一次踏进那家新开不久的自助餐厅。开业酬宾的活动已经结束，之前的价格，现在已经变成了两倍。

林豆蔻的家境并不富裕，花这么多钱吃一顿饭是件太过奢侈的事情，然而她的愧疚心在见到钟叙时，立即被抛诸脑后。

穿着白衬衫和黑色西装马甲的男生，玉树临风地站在人群中，仿佛会发光一样，吸引了林豆蔻全部的注意力。

尽管知道他没有看见自己，她仍然将背挺得笔直，努力做出端庄的仪态来，拿了一点儿水果、几个糯米饭团后，她在离钟叙不远的餐桌旁坐了下来。

不久后，钟叙微笑着过来打招呼："是你啊，身体还感觉不舒服吗？"看见她盘子里的食物，他有点儿吃惊地说，"你的胃口真的好小，只吃这么一点儿能饱吗？我记得我上高中时，经常还没放学就饿了。女孩子果然跟我们不一样啊。"

"胃口小"三个字让林豆蔻感觉到一阵心虚，被当成女孩子温柔对待，让她脸上浮起不自然的红晕。

在连续去了自助餐厅一个星期后，林豆蔻跟钟叙成了朋友。她一踏进餐厅，他会第一个迎上来，微笑着问好。

偶尔他也会过来她的餐桌前跟她聊几句天，她知道了这家餐厅是钟叙姑妈开的，而他在附近的大学念一年级，学的是酒店管理专业，空闲时间来兼职，正好学有所用。

当着钟叙的面，林豆蔻极力表现得淑女，很斯文地小口吃东西，

笑不露齿，在价钱昂贵的自助餐厅，她每次只吃不到平时食量五分之一的食物。

女孩的小心思，变得纤细而敏感，她只想让自己以光鲜美好的形象出现在他面前。

不仅拼命掩藏自己的食量，因为他，林豆蔻连性格似乎都转变了，偷偷关注一些好看的微博街拍图，学习怎么搭配衣服，买了颜色粉嫩的唇膏和裙子。

冬天的风景无比萧瑟，林豆蔻的心里却开着漫山遍野的鲜花，如果没有沈涅这个讨厌鬼频繁出现，她会更快乐。

沈涅跟她的学校只隔了五分钟的路程，每天下午他都会过来找人打篮球，他好像有很多好朋友，仅仅是林豆蔻班上，跟他一起打球的男生就有四个。

打球就算了，可每次都霸道地把自己的外套、书包、手机往她这里塞，算怎么回事儿啊？虽然林豆蔻解释了，她跟沈涅是老同学，但仍然免不了遭受其他女生的嫉妒。

与此同时，她还有一个更大的烦恼——积攒的零花钱都用完了，她好像没有钱再去自助餐厅吃饭了。

4

南方小城进入冬天后总是阴冷潮湿的，雨水顺着叶脉流下，发出滴滴答答连绵不绝的声响。

解决了两份泡面的林豆蔻坐在快餐店里，看着窗外湿漉漉的世界，街上来来往往的行人中，突然停下来一个，男生戴上刚买的小丑面具，猛然跳到林豆蔻面前，隔着一层玻璃对着她张牙舞爪。

这……简直是天降煞神呀，林豆蔻吓得差点儿从椅子上摔下去。

沈涅摘下面具跑进来，被她受惊的反应逗得哈哈大笑："心理承受能力还有待加强哦，下次我换个更吓人的面具来给你看。"

真是无聊又幼稚，林豆蔻暗暗翻了个白眼。

幸好要等的人来了，林豆蔻不用再搭理他，她从书包里掏出自己的iPad（平板电脑）给男生，然后接过他递来的钱。本来是次很顺利的交易，偏偏那个男生多嘴说了一句："唉，听说你卖平板是要换钱去自助餐厅吃饭，其实，吃快餐也很好啊。"

他欲言又止的表情，怜悯的语气，好像在说，没有钱就不要去那么贵的地方吃饭。

林豆蔻尴尬地瞪圆眼睛，这人怎么这么爱管闲事啊？

"那家餐厅厨师的手艺很一般啊，而且价格又贵，生意还不怎么样。林豆蔻，你脑子进水了啊，居然为了去那里吃饭'变卖家产'？"男生走后，沈涅立即哇哇大叫。

被说中了心事，林豆蔻羞恼地起身想离开，没想到撞上了正好端着一大盆变质的剩菜剩汤经过的服务员。

服务员猝不及防，满满一盆散发着难闻气味的泔水全都泼在了她身上，她的头发、衣服顿时全遭了殃。

真是……每次一碰到沈涅就没好事！在周围所有人吃惊又忍笑的目光中，头发上还挂着几根芹菜叶的林豆蔻脸都要绿了。

不顾连声道歉的服务员，她只想快点儿消失，然而才跑到门口，她突然停下脚步，像鸵鸟一样将头深深垂下。

不到十米的距离，衣冠楚楚的钟叙正朝这里走来，只需要几秒的时间，他就会走过来，会见到满身脏污不堪、无处可躲的林豆蔻。

啊，她忽然好想一头撞死。

沈涅在这时候跑过来，气喘吁吁地嚷道："你跑什么啊？先用

纸巾擦擦头发，别感冒了，外面还下着雨呢。"

林豆蔻仿佛抓到了救命稻草，她目光恳切地看着沈涅，明知道他可能不会答应，还是强忍着难堪，说："你可以帮我吗？我……不想被看到这个样子。"

话音落下的瞬间，绿灯亮了，钟叙抬脚走向这边。沈涅那双狭长的眼睛望过来，看了看她，又看了看钟叙，仿佛明白了什么。

林豆蔻原本以为沈涅不会管她，然而，就在钟叙即将推门进来时，他忽然走到她身边，用自己的身体替她挡住了钟叙的视线。

漫天风雨在这一刻仿佛都停止了。

 5

林豆蔻的秘密就这样轻易被沈涅洞悉了。

那之后不久的某个下午，沈涅照常来林豆蔻学校打球，球赛结束后，他跑来找她要自己的外套和手机。

林豆蔻一抬头，就看见因为出汗头发在冒着腾腾热气的男生。

气氛本来已经很尴尬，沈涅还"哪壶不开提哪壶"，聒噪地碎碎念起来："钟叙到底有什么好的啊？论长相，他还不如我，而且胜负欲超强……"

"关你什么事啊。"对于沈涅污蔑钟叙的话，林豆蔻没好气，在她心中，钟叙温柔又绅士，可是比他好千百倍的存在。

沈涅像是被气到了，很大声地"喂"了一声："怎么不关我的事呢？他可……他可是我哥呢！"

林豆蔻顿时瞠目结舌，一个像火张扬，一个似水温润，长相轮廓不同，而且都不同姓，怎么看都不像是兄弟俩啊。

天色暗淡，早早亮起的路灯照出她一脸的不相信。沈涅用不屑

第四章
唯余豆蔻守孤城

的声音说:"他是我表哥啦,他兼职的那家餐厅是他姑妈开的,他姑妈就是我小姨,我知道他的家庭住址、手机号码……所有的个人信息,怎样,你想知道吗?"

到底想不想?

知道他所有的社交账号,他的日常,每天跟他聊几句天,甚至还可以在天气好的日子约他出来一起骑自行车。

想到这里,她望向沈涅的目光中,不由自主地多了一些难以启齿的哀求,她甚至说出"求你"这样的话。

"你……真是没救了……"像是嫌灯光刺眼,沈涅抬起一只手遮在额头上,很无奈地说,"好啦,好啦,我答应你。"

她心里刚刚涌起一点儿感激,沈涅忽然靠过来,靠得极近,整张脸在林豆蔻眼里猛然放大:"作为回报,有机会你要给我表演用嘴接东西的技能哦!嗯……表演十次好了!"

这个沈涅……完全没有正经的时候嘛!

林豆蔻翻个白眼,拔足狂奔而去。

第二天,沈涅给她发短信:好像我哥的QQ不轻易添加好友,他要是没加你,你就再等等。

然而林豆蔻此时没有心思去回复,因为,钟叙就在她身边。

吃了一点儿蔬菜沙拉后,在离开的时候,她被钟叙叫住了:"我要回学校,正好跟你顺路,一起走吧。"

能够跟钟叙在自助餐厅以外的地方相处,本来该是件值得高兴的事情,林豆蔻却笑不出来。

天知道,每次在餐厅吃完之后,她都会匆匆赶去其他地方再大吃一顿,不然就会饿得胃痛,现在跟钟叙一起回学校,她哪里还有机会溜去填饱肚子。

因为焦虑,一路上林豆蔻都显得心不在焉,钟叙很绅士地让她走在马路内侧,还不时讲一些有趣的事情给她听,甚至,他还侃侃谈起了自己的梦想——能够得到姑妈的信任,独立经营一家餐厅。

一个骑着自行车的小男孩横冲直撞过来,大概是刚学骑车不久,方向没把握好,笔直地朝她撞了过来,还好钟叙及时拉开了她,并且紧张地询问她有没有被吓到。

林豆蔻的心跳得很快,像被电击一样。

那天中午,钟叙一直把她送进了学校,因为是她的朋友,门卫叔叔顺利放行了。

很快就到上课时间,她没有时间再去买吃的,饿到胃部一阵阵痉挛。她脸色灰暗地趴在课桌上,只能告诉自己:为了跟钟叙多一点儿接触的机会,这些痛都是值得的。

一连两个星期,每天中午钟叙都会送她回学校。他们之间好像更熟稔了,以至于钟叙说出"你能帮我把自助餐厅的宣传单分发给你同学吗"时,对着那双温柔而专注看着自己的眼睛,她没能拒绝。

从他们认识到现在,她始终不能拒绝跟他有关的任何事情。

很快,学校的同学开始频繁收到自助餐厅的传单,上体育课或者去做课间操时,传单被莫名其妙地塞在桌子里,甚至在上厕所时,隔板上的空隙里,也有传单被突然丢进来。

"什么啊,学校不是禁止任何商家进来推销,传单到底是谁发的?"大家都不堪其扰,故意将传单随地乱丢。

正是学校申办全市环境卫生示范学校的关键时期,那些花花绿绿的传单被检查小组看到了,赢得示范学校的机会泡了汤。

一次课间,偷偷地抱着一摞传单往同学桌洞里塞的林豆蔻,被脸色铁青的校领导抓了个正着。

 6

蓄意违反校规、破坏环境,为了以儆效尤,林豆蔻被罚手写一千字的检讨书,以及把校园里所有的传单清除干净。

可能这辈子最丢人的时刻就是现在了,顶着大家异样的目光,她饿着肚子,逐个教室翻找垃圾桶,然后挑拣出里面的传单,还要忍受各种闲言碎语。

"听说她为了去那个餐厅吃饭,把自己的平板电脑都卖了。发传单也是给餐厅兼职吗?如果没钱,就不该去那么贵的地方吃饭嘛。"

"可能是为了那个叫钟叙的男生吧,我好几次看到他们一起来学校。"

"像林豆蔻这种看起来特别强壮的女生,如果不主动讨好别人,怎么会有男生搭理她?"

大家虽然没什么恶意,但这些话还是很过分,终于有人听不下去了,制止道:"算了,也没给我们带来什么困扰,别这样针对她。"

背对着人群,林豆蔻抓着一沓脏兮兮的纸走出教室。每走一步,胃部都会传来更尖锐的痛楚,她几乎要直不起腰来,自尊不允许她在此刻倒下去。

费劲走了很远后,有人推着山地车从校门口的方向朝这边走来,那人开始还笑着对林豆蔻挥手,看清她脸上的表情后,他轰地摔开自行车,及时跑过来扶住了林豆蔻。

因为疼痛,大颗大颗的汗珠从她的额头滚落,脸色煞白,从半合的眼眸里望出去,是一张布满焦急之色的英俊面孔。

似曾相识的场景,却不是她第一次遇到的那个人。那个她曾经以为,是全世界唯一给予她温暖的人。

医院的检查结果出来——轻微胃溃疡,医生解释说是经常性挨

饿导致，得住院调养，于是林豆蔻的爸妈也被叫来了。

她妈妈盯着医生，好像对方在说什么天方夜谭般的话："不可能，她每餐的食量可是有两三个人吃的那么多，怎么会挨饿？"

"就是因为这样，稍微少吃一点儿，就很容易饿，我看你的情况，应该是最近三餐都没怎么吃吧？"医生叹了口气。

林豆蔻不说话，只是默默地将头垂了下去，早晚餐时间，同学们都出去吃饭了，是发传单的大好时机，她根本没时间，也没有钱再去吃东西。

"我给你的零花钱呢，你没吃饭吗？怎么会饿到胃溃疡？"妈妈气得用手指向她，如果不是因为沈湼也在，当场就要开骂。

妈妈去交住院费后，一直沉默的沈湼终于开口了，他用愤怒到颤抖的声音说道："林豆蔻，你这个笨蛋！"

林豆蔻不说话，她躺在病床上，呆呆地盯着天花板。

"你知不知道钟叙到底是什么样的人？他根本就是在利用你！因为他跟姑妈保证过，如果自助餐厅的营业额达到一个数目，就可以独立经营，你竟然为了他，把自己搞成这副样子！"沈湼越说越愤怒，几乎是大吼出声。

她全部知道。

一直都知道！

在钟叙第一次送她去学校时，她就知道了。因为担心他会找不到出校门的路，林豆蔻进了教室后，又不放心地追出去，可是她看到了什么呢？

钟叙从背包里掏出一大把宣传单，一张张地放在车棚中的自行车上。他还笑容灿烂地跟路过的女生搭讪，明明是不认识的人，他却能用那么自然的语气称赞对方漂亮，然后互相留了手机号。

第四章
唯余豆蔻守孤城

沈涅发给她的钟叙的 QQ 号,她也试图添加过,每次在添加请求里写上自己的姓名,都毫无回应,然而有一次,她随手用朋友的号码去加,钟叙竟然同意了。

那时她就明白了,钟叙根本不想回应她的心意,只是单纯利用她而已!

哪个女生的青春里,没有出现过这么一个人呢?明明知道对方很危险,并不值得自己花费心思,却还是,没办法清醒过来。

林豆蔻用手捂住眼睛,眼泪染湿她的手指。

短短半个月,她好像瘦了很多,躺在病床上的模样仿佛一只脆弱的布偶娃娃。沈涅看着看着,忽然背过身去,红了眼眶。

7

林豆蔻出院那天,爸妈都要上班,只叮嘱她自己打车回家。她走出医院时,见到了脸上青一块紫一块的沈涅:"我特意来接你的哦,够不够义气,有没有很感动?"

"你脸上的伤是怎么回事?"明知道不属于自己该关心的范围,她还是多嘴问了一句。

"哦,跟人打了一架,没打赢。"他说得若无其事。

"你……"林豆蔻狐疑地看着他,然后惊叫起来,"不会是找钟叙打架了吧?你怎么能这样啊!"

"你这是什么语气,替他打抱不平是吗?伤得重的可是我!是非不分!"他愤然转身就走,看上去铁骨铮铮,走了几步,又臭着一张脸回来,从她手里接过重重的行李袋,"走啦!送你回去!"

好像是一副拿她没办法的样子,她不知道为什么,突然很想笑,很多都快要被忘记的回忆又浮现在脑海中。

他知道她食量大,怕她挨饿,于是每天都带一个超级大的便当盒,吃几口就把剩下的饭菜都给她。

大扫除时,听到有同学嘲笑她的食量,撸起袖子就去跟人打架了,最后被老师罚站,害得她不得不替他完成劳动任务。

明明有时候会帮她出头,但自己又总是爱欺负她,可能是因为她长得比其他女生要高壮一些吧。

于是,本来就因为自己外表而自卑不已的林豆蔻,少女心严重受伤,对于沈涅只剩下了排斥。

"走不走?我扛着这么多东西累得慌。"几步外,沈涅将行李袋放在背上,像是背着一个孩子的滑稽姿势。

林豆蔻回过神,看着路人忍笑的目光,实在很想捂住脸走远点儿,假装不认识这个人。

那一天,沈涅不仅送她回了家,还把自己做满笔记的教材都留下了:"以前上课没写笔记,也能考进全班前十名,现在写了,下次考试一定能成为第一名,我啊,真是百年难得的天才。"

对于这种白日梦一样的狂妄话语,林豆蔻根本不想回应。

重回学校上课之后,她不再去外面吃饭,因为沈涅特意赶过来,他带了两个巨大的便当盒,菜色非常丰富,林豆蔻怀疑这两个便当盒都能装下满汉全席了。

白吃人家的便当,怎么都不好意思吧,林豆蔻第一个念头是拒绝,但沈涅凶巴巴的表情让她把所有的话都吞了下去。

吃就吃吧,反正也就一两次,他总不可能每天给她送饭吧。没想到的是,整整一个月,只要是上学日,沈涅每天都会送便当过来!

"要不我给你钱吧?"对于便当盒里的美食已经无法抗拒的林豆蔻,忍不住这样建议道。

第四章
唯余豆蔻守孤城

沈涅闻言瞪了她一眼,本来想说什么,话到嘴边变成了:"这个周末我们骑自行车出去玩吧。天气这么好,胖豆,你该减减肥了。"

可不是,最近天天吃得这么丰盛,林豆蔻又胖了好几斤。可是,"胖豆"又是什么称呼?每次跟沈涅对话时,她都好想翻白眼。

被沈涅填补得满满的生活中,好像再也没有了钟叙的踪影,甚至,她连想起他的时候也越来越少了。

周末骑自行车的地方是大义山公园,这一天天气好,骑车的人也格外多。

他们到的时候,公园的租车处只剩下一辆前后式双人自行车,两人别无选择。

沈涅看着高高大大,只骑了几米远,他就开始大喘气,嚷着林豆蔻太胖了,他根本骑不动。

林豆蔻差点儿吐血,只好自己换到前面去,角色倒置后,自行车终于以潇洒的姿态迎风而去。

"我真的是太聪明了,不然累成这样的人就是我了。"在她挥汗如雨地蹬车时,坐在后面的沈涅同情地这样说,他两腿伸直,压根就没放在侧踏上。

世界上实在没有比沈涅更让人气得牙痒痒的男生了,因为脱力,林豆蔻瘫坐在凉亭的台阶上休息,看着沈涅健步如飞地跑去买饮料,她无比悲愤地想。

凉亭里坐着一群人,一个男生用温润中带点儿调侃的声音跟人说:"我认识一个食量超级大的女孩子,第一次在餐厅吃饭时,她吃了超级多,还吐了,我担心是食物中毒,会影响餐厅的生意,还耽误了好多时间送她去医院。"

这个声音是林豆蔻无论如何都不会听错的。林豆蔻回头,看到

了钟叙的背影,她默默坐着,没有出声,也没有感觉愤怒,只是失望而已。

她对钟叙的好感产生于对美好的虚幻遐想。

而现在,这个遐想破灭了,她竟然觉得庆幸。

 8

元旦节的前一天,沈涅邀请了一大群朋友聚餐,林豆蔻也在其中。

"啊,这就是你那个食量很大的朋友是不是?哎呀,有她一个人在,我们一桌人都不用吃了啦。"

上菜时,有人笑嘻嘻地指着她说。

林豆蔻的筷子刚伸出去,闻言立即难堪地缩了回来,明明这样的话听到无数次了,她仍然因丢脸而心碎一地。

沈涅回头撞见她难过的脸,突然一下,他瞳孔收缩,心跟着一紧,猛地一拍桌子,跳起来就要跟对方打架。

十年过去了,他好像还跟七岁时那样,无论自己怎么恶作剧,就是看不得别人欺负她,不然一定失去理智。

好好一场聚会,最后闹得不欢而散。

"对不起。"林豆蔻小声又沮丧地说,街上人潮拥挤,每个人脸上都洋溢着即将跨年的兴奋,店铺门口摆着的圣诞树上亮着彩灯。

"笨蛋,不关你的事,他们啊,就是嫉妒你,男生居然还没女生能吃,还好意思说出来,不过也太不给面子了,好歹是我生日呢。"沈涅撇撇嘴,踢开脚边的小石子。

原来今天是他的生日,林豆蔻在心里"啊"了一声,她什么都没准备。

人群不知怎么躁动起来,齐齐往一个地方涌去。她伸头张望,

第四章
惟余豆蔻守孤城

原来是不远处的广场要开始跨年倒计时,她看看手机,还有十分钟。

"你在这儿等我一下。"她丢下这句话,飞快地转身跑远了,气喘吁吁地再回来时,怀里抱着一个小蛋糕。

倒计时刚好到最后十秒,在惊天动地的欢呼声中,林豆蔻嘻嘻笑地咧开嘴,大声说了句:"生日快乐!"

因为身上没带多少钱,那个蛋糕真的太小了,以至于沈湿简直难以相信,世界上竟然还有这么小的蛋糕,他露出有点儿嫌弃的表情接过来:"看在你一片诚意的分上,我勉强收下了。"

"明年给你买个超级大的。"林豆蔻保证道,已经在心里盘算着如何存钱,她抬起脸,看见对面的沈湿,周身被灯光笼罩,好像长着茸毛的小动物。

"沈湿,你会一直陪在我身边吧?"她轻声问。

他抱着那个只有巴掌大的蛋糕,大口大口吃得非常欢快,头都没抬一下,广场开始放烟火,发出震天声响,他仍然不闻不问地低头狂吃。

对于这种吃货精神,林豆蔻表示叹服。

次日是元旦,林豆蔻收到了很多朋友的群发祝福,她想了想,只单独给沈湿发了一条:元旦快乐。

放下手机后三秒钟,她忍不住又拿起来,看沈湿有没有回复,这种忐忑又期待的心情是以前从没有过的。

那天沈湿一直没有给她回信息,元旦假后马上就是期末考试。林豆蔻一直兵荒马乱地忙到了放寒假,可以松口气的第一时间她才意识到,沈湿好像从她的生活中消失好几天了。

她试着给他打电话,马上被挂断了,过了一会儿,她拿着刀削苹果时,他主动打过来,第一句话就是:"林豆蔻,我马上要去国

外了，等着我给你炫耀异国风光啊。"

他语气淡定，既认真，又好像在懒洋洋地开玩笑。

林豆蔻没有笑，右手轻微抖了一下，刀尖扎入食指，鲜血汩汩地流了出来。

沈涅离开两个月后，新学期的学习任务好像更重了，距离高考还剩下一年半。漫长又孤单的日子里，再没有人中午给林豆蔻送便当，没有人下午骑着山地车过来打球，一股脑地把自己的随身物品都塞给她。

有一天走在路上，林豆蔻意外遇到了钟叙，他仍然是过去那斯文沉稳的模样，叫出她的名字时，嘴角挂着淡淡的笑意，仿佛丝毫不记得自己曾经对她做过多么残忍的事情。

这样的场景，在林豆蔻的设想里，自己应该昂首挺胸地跟他说话，以证明自己再也不受他影响了才对，但她仍然落荒而逃了。

不是因为紧张，不是因为还在意，而是看着他的脸时，她顿时惊觉，沈涅和钟叙果然是有血缘关系的，在钟叙的脸上，她竟然看到了沈涅的影子。

回到家之后，她给沈涅的 QQ 留言，说起今天的遭遇，末了，犹豫着问了一句：都开学这么久了，你……不会是打算以后在国外念书了吧？

沈涅正坐在瑞典的一个湖畔，闲闲地吹着晚风，湖水中，不时闪过飞鸟的投影，夕阳映着水光粼粼……这座城市美得一切静好。

他随手拍下湖水与鸟群，遥远国度的美好风景，一下子填充在林豆蔻的手机里，她仿佛能听到那边的风声，想象沈涅高高瘦瘦的背影被夕阳无限延长。

"真好。"

林豆蔻眼睛亮亮的,羡慕也高兴,能透过他的眼睛看到很远的世界。

晚上坐在书桌前做题时,绵密的春雨滴落屋檐,春雷阵阵,轰然撞击耳膜……她打开窗户,听见一片热热闹闹的声响,是春天来了。

她还记得,元旦倒计时的那一天,在拥挤的人群中,林豆蔻险些被人推倒,是沈涅紧紧抓住了她的手。

当时她心跳如雷,恰如此刻的风雨声,想着如果他也有和她一样的紧张,那就太好了。

她知道沈涅现在在干什么,知道他身上到底发生了什么事,但就像曾经被钟叙利用一样,只要他不坦白,她就不会主动说破。

怎么会不知道呢,新学期开学时,沈涅推说有点儿事,暂时还不能回来上学,担心他不能正常返校报到的她,特意跑到他的学校去,想跟他的老师说明情况。

然而,老师用惊讶的语气说道:"你还不知道吗?上学期沈涅就被检查出患有先天遗传性耳聋,现在病发了,他休学去国外做手术,听说治不好了,只能植入人工耳蜗。"

林豆蔻当时的心情,用"天打五雷轰"来形容也绝对不为过。

那些被忽略掉的细节,瞬间涌入脑海,自助餐厅第一次重逢时,她拒绝了他的要求,他根本就没听见。

在他吃蛋糕时,烟花声轰隆,他也听不到。

还有她问他会不会一直陪在她身边,他看起来毫无反应。

那么早之前,他就开始病发了,她却毫无所觉。

林豆蔻几乎是手脚发软地离开了沈涅的学校,外面的阳光那么

烈，仍然属于冬天的寒意刺入骨髓，当着街上那么多人，她蹲在地上，旁若无人地哭了起来。

那么好看的沈涅，那么温暖的沈涅，即使是他再对自己搞恶作剧也不要紧，只要他能平平安安地回来。

林豆蔻一直等到了高中毕业。彻底失去沈涅消息的年岁中，她长成了长发披肩、身形纤瘦的样子，去了遥远的北方上大学。

那里的女生个子普遍很高，她一米七的身高在其中，反而只能算中等，去上自习课的时候，没有座位会有人主动给她让座，欣赏她的男生非常多，从前所遭受的不公平待遇，老天好像要通通都补偿给她。

宿舍里的女生偶尔谈论起最近很火的一些男明星，然后问林豆蔻比较喜欢谁，每次她都是笑着摇头。

在她心中，有一个最明亮、最英俊的少年，全世界无可匹敌。

暗淡的年少时光里，她是角落里蒙尘的仙人掌，直到有一天，命运把沈涅带到她生命中，让她看到他的好，带她脱离窘迫境遇，她的世界终于有阳光照进来，开始闪闪发光。

能遇到沈涅，林豆蔻想，是她此生最美的事。

她能回报他的，只有默默祈祷，希望他在她看不到的地方，能够好好活下去，永远肆意张扬地笑着。

最好的我们，被留在了那个夏天

第五章

下次告别，请悄悄回头

下次告别，请悄悄回头

文／蘑菇味桃子

 1

宋科宇去世的消息传来时，班里小小地骚动了一阵。虽说他的存在感并不强，活着的时候只是一个普普通通的、沉默寡言的高中生，但班里突然少了一个人，并且永远不会再回来了这件事，还是在这群17岁的少年心里扔下了一颗炸弹。

不过烟雾散了，连续几天的讨论表达对英年早逝的他的惋惜后，大家渐渐对宋科宇去世这颗炸弹留下的残垣断壁视而不见了。

高二（11）班唯一没办法抽离于这场爆炸的，也许只剩下学习委员刘湘湘了。

别误会，刘湘湘和宋科宇并没有什么关系，只是因为宋科宇的家人忙于处理他的身后事，还没来得及到学校清理他的遗物，眼见教务处查缺勤查得严，班上一直空着一张课桌难免带来不必要的麻烦，班主任就让人把他的课桌搬到教室最角落，又吩咐刘湘湘暂为

保管宋科宇的遗物，等什么时候他家长有空了，再来学校交接。

刘湘湘一样一样地把宋科宇的书本杂物从课桌桌肚里抽出来，放进准备好的纸箱里。在收拾宋科宇遗物的过程中，刘湘湘的脑海浮现出宋科宇的模样。

他留给人的印象并不深刻，中等个子，偏瘦的身材，皮肤白皙到手背上的血管都清晰可见。发型普通，穿着也是最常见的高中生打扮。他的五官并不深刻，只是让人看起来觉得很舒服，没有任何攻击性。

刘湘湘还记得，他总是坐在靠窗倒数第二排的位置，遥望着窗外，不时发呆，不时歪着脑袋听讲记笔记。

阳光洒进教室时，他的耳垂几乎是透明的。

在班里，宋科宇既不是学霸也不是男神，甚至连小组长都没混上。他的存在感一直很低，以至于同学两年，刘湘湘竟想不起彼此有过什么印象深刻的交集。

刘湘湘一时间觉得有些惭愧，眼眶泛起了红色，身为学习委员，竟然对两年的同班同学印象模糊至此，实在是不应该。

收拾好情绪，刘湘湘继续整理宋科宇的遗物。

拿在手里的书，偶有重量，看看封皮，好奇，便翻开来看。

翻到高一上学期的语文课本时，刘湘湘被内页上的内容惊到了。

没想到毫无存在感的宋科宇还画得一手好画。

藏在语文课本里的，不是搞笑杜甫李白等古人的涂鸦，也不是信手的素描，而是早年十分流行的翻页画。

宋科宇画的是一页一点画面，连起来整本书才显山露水的，一个短发女生。刘湘湘摸了摸自己及胸的长发，想起高一的时候自己也跟风剪过这样的短发。

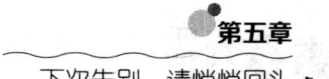

第五章
下次告别，请悄悄回头

画上的短发女生眉眼细细，嘴角微微上扬，有一抹若有似无的微笑。

快速翻完语文课本后，刘湘湘的心猛地跳了一下，这个女生，对宋科宇来说一定很重要吧？

17岁，正是人生最美好的青春年华，却于无奈中早早离开了这个纷繁华丽的世界，去向一个未知的灰色地带。

不知道宋科宇在那边过得怎么样，也会伤心难过，也会开心微笑吗？

也许是为宋科宇的猛然离去感到有些悲伤，也许是出于学习委员的责任心，刘湘湘咬咬下嘴唇，在心里暗自下了一个决定。

她要帮助宋科宇，找到那个短发的女生，然后把宋科宇的这份心意告诉她，算是对这个17岁的少年最后一点儿慰藉。

2

放学后，刘湘湘抱着纸箱站在楼梯口，观察每一个路过的同学，尤其是短发女生。

是迎面走过来，跟男生有说有笑的盛蓝蓝吗？短发，高挺的鼻子，时尚的打扮，追求者不计其数。刘湘湘皱着眉头回忆了一下语文课本上的翻页画，那个女生鼻子好像没这么挺，眼睛好像也没盛蓝蓝这么妩媚。

不对不对。

刘湘湘又踮起脚尖，打量下一个女生。

是偏着头认真听旁边女生讲话的张筱雨吗？她脸蛋圆圆，笑起来眼睛像一轮弯月，宋科宇应该会喜欢这样的女生吧？

但好像还是不对。

虽然这么说好像不太好,但翻页画上的女生脸颊的确要瘦一些。

刘湘湘可能思考过度,没注意到怀中纸箱的重量,手臂瞬间发软,"哗啦"一声,纸箱里的书全部洒了出来。

她慌慌忙忙蹲下身去捡,有个路过的男生帮忙,他随手捡起一本英语课本,翻到其中某一页,饶有兴趣地读了起来。

"If I should meet thee, After long years, How should I greet thee? With silence and tears."

经年之后,若你我再相见,该以何贺你?以眼泪以沉默。

这是这句话的译文。

刘湘湘愣在原地,半晌,她的记忆像打开的洪水闸门,记忆洪流一拥而上。

她终于记起,她和宋科宇,并不是完全没有任何交集。

拜伦的这首When We Two Parted(《与君相别离》)是作为鉴赏诗来学的。当时上这一课的是个英语专业大四来实习的学姐,虽然被分配来上"非重点"的内容,但她还是踌躇满志地准备了充分的课件内容。

无奈,大家觉得考试不会考,也就不放在心上,一些人插科打诨,一些人干脆拿出数学习题集来刷。

信心满满的学姐并没有因为这些而受到影响,她盯着花名册三分钟后,叫了一个人的名字。

"宋科宇,你来读下这首诗的节选部分。不过先不要慌……"学姐讲尾句拖得老长,表情丰富地强调道。在说下一句之前,她的语气突然变得奇怪起来,"我还要找位女生来扮演拜伦的恋人……"

第五章

下次告别，请悄悄回头·

"恋人"二字果不其然吸引了大家的注意力。

学姐趁热打铁："宋科宇你就对着这位女生来念这首诗，记得声情并茂，情绪要到位。表现好的话老师有奖励哦。"

学姐调皮地对宋科宇眨了眨眼，隔着几排的距离，刘湘湘都注意到他的耳根子红得发烫。

"这位女生就由你自己来指定吧，老师选的万一不合你心意，影响你发挥就不好了。"

学姐话音刚落，不论是插科打诨还是刷数学题的同学都把头齐刷刷地转向了靠窗倒数第二排的宋科宇。

刘湘湘当时在百无聊赖地转笔，跟大家一样，期待这场好戏上演。

不管宋科宇选谁，他们俩的绯闻都够大家在枯燥的题海生活中调侃好一阵子了。

调皮的男生当然带头起哄："宋科宇快点儿选啊，你说是杨曦还是张甜？"

杨曦和张甜一个是宋科宇的同桌，一个是他的后座，面对同学们的起哄，宋科宇就像块石头似的，不为所动。

两位女生脸上都有些挂不住，都恨不得用胶布封住那个调皮男生的嘴。

"谁要跟他一起啊？反正我不。"两个女生异口同声地说，在这个青春萌动的年纪，面子远比好感重要。

那是因为，年少时期这样无伤大雅的调侃有时真的能伤害到一个人。

宋科宇从座位上站起来，太阳在他身后热烈地盛放着，他这么一站，挡住了大半扇窗户的阳光。他本身处在逆光的阴影里，除了一个黑色的，边缘有暖暖光晕的轮廓，谁都看不清他的表情。

"为了不伤害大家,我选学习委员刘湘湘。"

他把"学习委员"四个字咬得很重,好像在特别强调什么。

大家一听,顿时失去了兴趣。该插科打诨的继续插科打诨,该刷数学题的继续刷数学题。

刘湘湘心里有一万匹马呼啸而过,她安慰自己:我得做张卷子冷静冷静。

"喊——"集体的嘘声后,刘湘湘不情不愿地跟着宋科宇一起站了起来,并且面朝他,方便他发挥。

什么嘛,拿自己当挡箭牌?

心不甘情不愿成为挡箭牌的刘湘湘脸上写满了不高兴,宋科宇没有在意,拿起书念了起来。

那是他第一次在班里公开发言,当第一句英语读出来时,原本还有些喧嚣的教室瞬间安静下来。

如果光听声音不看人,你会以为宋科宇是个 native speaker(以英语为母语的人)。

加上他略微低沉的磁性声音,整首诗就像低音炮一样击中大家的心,令人陶醉其中。仿佛他就是拜伦,彼时朗诵的就是他与爱人即将分离的痛苦心情。尤其是读到最后四句——

" If I should meet thee,After long years, How should I greet thee? With silence and tears."

配上学姐 PPT(演示文稿)上的中文翻译和图片,不少女生感动得鼻子泛酸,眼眶微红。

当事人刘湘湘也不例外,被宋科宇深情款款的朗读震撼了。胸腔泛起微酸,她好像也置身其境,感受到即将与爱人分离的苦痛。

她显然没有想到,只是一次普通的朗读,会给自己的内心重重

第五章
下次告别，请悄悄回头

一击，她一点儿也不后悔被当作挡箭牌了。

因为在那时那刻的高二（11）班，她刘湘湘一定是被每个女生都羡慕的对象。

事后，学姐得意扬扬地王婆卖瓜："怎么样，感动吧？我在翻你们班学生资料时，发现宋科宇竟然得过新概念英语朗诵大奖，叫他来朗诵拜伦的诗，准没错。"

 4

虽然宋科宇在那次朗诵上大放光彩，让大家讶异不已，但这份讶异很快就被一张张白花花的卷子盖过了。

高考不需要声情并茂的英语朗读，所以宋科宇依旧没有存在感。

但那件事情的的确确留下了后遗症。

据知情人士说，宋科宇在念这首诗时，眼里闪烁着泪光，深情款款地看着刘湘湘。看多了偶像剧的女生分析，宋科宇肯定是借刘湘湘学习委员的身份，来掩盖他的真实意图。

宋科宇从不否认也不承认，倒是每次都是刘湘湘急得跳脚去解释。

这样的状况，直到惹哭了刘湘湘，宋科宇第一次大发脾气才有所改善。

那天恰逢月考结束，大家手里攥着没用到的小纸团互相砸来玩，玩到兴头上，就像打雪仗一般，教室里全是飞来飞去的纸团。

班里最调皮的男生为了躲纸团的袭击逃到讲台下，藏了半天不见他出来，几个男生拥上去时，他像发现了新大陆一般，手指放在嘴唇上，示意大家停战。

他展开手中一张皱巴巴的字条，上面不是潦草的数学公式和

ABCD英语答案,而是两个人的名字。

宋科宇和刘湘湘的名字,第一次以并排的形式出现在众人面前。

更重要的是,他俩名字中间,有一颗桃心。

傻子都能猜出来是什么意思了。

群众立刻沸腾了,争先恐后地围观那张写满小心思的字条。

有人玩心大起,在那颗桃心中间写了一个"爱"字,然后涂上胶水,贴在黑板的正中央。

抱着资料走进教室的刘湘湘看到的就是大家意味不明的眼神,再转头,就看见了黑板正中央贴着的那张字条。

她当时脑子一下子就炸开了,只觉得羞愤难当。

越想越气,刘湘湘把手里的资料扔出老远,走上讲台,想去撕掉那张字条。

无奈字条贴得太高,刘湘湘踮起脚来才勉强能够摸到个边边角角。

围观的男生一阵哄笑。

这下把刘湘湘彻底气疯了,无计可施的她只能趴在桌子上,把脸埋进手臂,默默抽泣。随即宋科宇便走进了教室,先是看到刘湘湘趴在课桌上抽泣,又看到大家一副看好戏的表情,脸立刻阴沉下来,当他看到黑板上的字条时,身体晃了一下。

大家把这一晃理解为"宋科宇气得发抖了"。

班上没人见过宋科宇发脾气,怀着对未知事物的恐惧,所有人大气都不敢出。

宋科宇明明没有什么存在感,生气起来却让大家如此恐惧,不知是好是坏。

他几步走上讲台,一把将那张字条撕下来,黑板上留下残留的

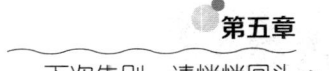

纸屑。然后宋科宇双手重重拄在讲台上:"我郑重告诉大家,我和刘湘湘没有任何关系,请不要再乱传谣言。"

这一番话讲得彬彬有礼,但宋科宇眼里的愤怒大家可以真切地感受到。

自那以后,就没有人再开他俩的玩笑了。

更没有人去深究,那张字条到底是谁写的。

 5

如此想来,当时宋科宇的确是在保护自己。

想起这两件事,心里既多了一份对宋科宇的好感,又多了一份对宋科宇的感激。对寻找短发女生的事情,刘湘湘更加上心了。

她甚至借来了整个年级的花名册,挨个班去打听短发的女生。一段时间过去,倒是有那么一两个跟翻页画上的女生相像,但仔细了解下来,又觉得宋科宇应该不会喜欢这样的女生。

刘湘湘被自己的想法吓了一跳,自己凭什么判断宋科宇喜欢哪种女生呢?

她甩甩头,想远离那些不切实际的想法。

还是认认真真,早点儿把画像上的短发女生找出来为好。

手撑在下巴上思考了半天,刘湘湘突然从冥想中被拉了出来。

"刘湘湘,你干吗呢?叫了你半天都不答应,高一的时候你可不是这样的啊。"

数学老师有些恨铁不成钢地捏着粉笔,对刘湘湘说。

刘湘湘一阵惶恐地站起来低头认错,有什么细微的东西在脑海里一闪而过。

对!高一!

那幅画是画在高一课本上的,会不会画的时候那个女生是短发,现在已经长长了?

想到这里,刘湘湘激动地一拍大腿,情不自禁地说:"对呀,很有可能是这样的。"

"刘湘湘!"数学老师震怒了,"给我站到外面去!"

学习委员生平第一次被叫到走廊上去罚站,不少人幸灾乐祸,刘湘湘却不甚在意。她现在全部的思想都集中在一个点上。

高一军训结束时,大家曾经照过一张集体照。

如果把当时的照片翻出来,看看哪些女生是短发,就可以顺藤摸瓜找到那个女生了。

 6

刘湘湘费了好多工夫才从家里落满灰尘的相册中找到高一军训时的照片。塑封了的照片由于潮湿,边缘已经发黄。

抹去上面的灰尘,刘湘湘一眼就看到了第一排中间,那个笑得眼睛眯成一条线的女生,不正是自己吗?

看起来有点儿傻乎乎的。

刘湘湘嗤笑了一声。

眼光没在自己身上多做停留,她又继续打量其他人,观察每一个短发女生。无论如何,都与宋科宇语文课本上的画像对不上。

也不是对不上,更多的原因是,每个人都看起来蛮像的。

她又花了好一会儿才在第三排的角落找到了宋科宇。

原来当时的他就是那个样子,安安静静,不苟言笑却不会让人觉得冷漠,眼神始终清澈而温柔。

看着穿着军训服戴着军训帽伫立在原地的宋科宇,记忆仿佛绕

第五章
下次告别，请悄悄回头

着她打了个转，又回到了她眼前。

九月初，暑气尚未散去，太阳正是毒辣的时候，站了一天的军姿后，大家都累趴了，一路走一路捶着肩膀和腰回教室。

刘湘湘因为擦汗水没打报告而被罚把饮水机搬回教室。

一同挨罚的，还有故意蹲下身系鞋带的宋科宇。

除了饮水机，他俩还需要把没喝完的几盒藿香正气水拿回教室。

一开始宋科宇一直抢着自己一个人来搬饮水机，在爬了三层楼后，刘湘湘不忍看他累得气喘吁吁，就趁他停下喝水的空当，独自偷偷把饮水机往楼上搬。

前几步路还走得好好的，第七步时因为没有数清脚下楼梯的阶数，刘湘湘重心不稳，被石级绊倒在地，饮水机跟着她的身体轰然倒地，摔破了一个角。

饮水机砸在水泥石级上的声音很大，宋科宇被吓了一跳，不少学生也从教室里探出头来看。

在班主任赶到前，宋科宇几步上前，把藿香正气水的口袋递给刘湘湘："你拿着这个，老师问什么你都别说话。"

做贼心虚的刘湘湘脸烧得通红，心里一时乱得没了主意，生怕被老师抓住请家长，对于宋科宇的提议自然再同意不过。

现在想起来，刘湘湘自己也觉得好笑，怎么能够因为害怕而把责任推给别人呢？

老师赶到时，宋科宇刚好把摔倒的饮水机抱起来，诚恳地向老师承认了错误。意外的是，老师在确认饮水机只是磕破了一个角，还可以继续用时，只嘱咐宋科宇"下次小心点儿"，便没再说其他的话。

刘湘湘长舒一口气，因为她正无比后悔，如果宋科宇因为她受

了什么惩罚，她在良心上肯定一辈子都过不去。

现在想来，刘湘湘当时的确是高估自己了，不过两年过去，自己差点儿连这件事情都想不起，还别说什么良心过意不去一辈子。

一辈子，哪那么容易。

晚上刘湘湘做了个梦，梦见一片樱花的海洋中，宋科宇缓缓朝她走来，最后朝她伸出手，问她："你愿意跟我一起走吗？"

吓出一身冷汗的刘湘湘醒了过来，躺在床上看着黑漆漆的天花板一动不敢动。难道是自己探寻太多宋科宇的秘密，所以他不高兴了，才来托梦的？

 7

宋科宇的家人好像把他在学校里的东西遗忘了，一点儿也没有要来交接的意思。每天晚上，刘湘湘放学后席地而坐，靠在床边，一点点地翻宋科宇的东西。

他的字其实写得很好看，清秀俊丽而不失苍劲。

从笔记来看，他是一个很有条理的人，一个版块是一个版块的内容，从不杂糅。

原来他有这么多自己从未发现过的优点啊，刘湘湘暗自感慨。用现在的流行语来说，他就是个暖男啊。

反复翻了好几遍看看有无遗漏，果不其然，刘湘湘在宋科宇的一本数学书的内页里发现了一串数字。

61212128 $\sqrt{}$ e980

"61212128 $\sqrt{}$ e980……这是什么啊？"刘湘湘百思不得其解，"或许是他的QQ密码什么的，但谁又会用根号来当密码？"

不管怎样，刘湘湘还是拿来宋科宇的QQ号一试，没想到竟然登上了。

宋科宇没有开通空间，刘湘湘费了好多工夫才发现了一篇隐藏日志。

日期就在两年前。

今天开学，报到后我去了一家奶茶店，奶茶喝了一半我才发现一个残酷的事实，我没有带钱。就这样，我在奶茶店局促不安地待了将近一个小时。然后她出现了，给炎炎夏日带来一丝凉风，她站在吧台等奶茶时，对我笑了一下，她的眼睛很清澈很亮，我从没见过那么亮的眼睛，仿佛可以看穿我的窘迫。

等我实在忍不住从座位上起身准备向老板坦白，抵押什么东西当奶茶钱时，老板却告诉我："刚刚那个女生已经帮你付了钱。"

我惊讶得说不出话来，没想到她真的看穿了我的窘迫，我当下只有一个想法，我要找到她。

也许真的是天意，我还没来得及去找她，她再次出现在我面前。

我们是一个班的同学。

选座位时，我特意选了靠窗倒数第二排，她坐在中间倒数第四排，在我的斜前方。我只要一偏头，就能看见她……

日志很短，只能看出宋科宇的确喜欢那个短发女生，但对于她是谁，刘湘湘确实无迹可循，因为这两年来座位已经更换了无数次，想要找出第一次坐在中间倒数第四排的女生，恐怕只能时空倒流才办得到。

8

"会不会那个女生就是你？"跟班里好友倾诉这个难题后，对方突然这样说道。

彼时刘湘湘正在喝水，听到这话，一口水喷出来。

她一边笑，一边摆手："怎么可能？同学两年，我跟宋科宇说话不超过十句。"

好友满脸疑惑："因为我记得……最初坐中间倒数第四排位置的那个人，就是你啊……"

刘湘湘很快否定了好友的记忆，因为她觉得，自己跟宋科宇的交集还不如杨曦和张甜两人，要说那个女生是自己，还真勉强。

半个月后，宋科宇的家人终于记起还有学校这么一茬事，来把宋科宇的遗物搬走了，出于私心，刘湘湘留下了那本语文课本。

一定要在毕业前找到那个女孩子，她这样想。

事情就是在这里有了转机。

在重新把宋科宇的遗物搬回学校那天，她顺便也整理了一下自己的书柜，从高一物理课本里掉出一张借书磁卡。

借书卡上的照片是一个清秀白皙的男生，男生的名字是宋科宇。

刘湘湘突然觉得头痛，自己又是什么时候借过宋科宇的借书卡了？

恨铁不成钢地敲了几下头后，回忆像海水一样慢慢没过她的脚背。

想起来了！

好像确实有这么一回事。

高一刚开学时，刘湘湘丢过一次钱包，身份证银行卡之类的全丢了，借书卡自然也跟着丢了。

那天上完体育课，刘湘湘准备去图书馆借两本书来看，走到门口碰到了刚借完书出来的宋科宇。

她有些不好意思地问宋科宇："可以把你的借书卡借我一下吗？

第五章

下次告别，请悄悄回头

我的丢了。"

宋科宇的眼睛亮了一下，很快就同意了。

"密码是61212。"

借书卡是充值的，所以有密码。

当刘湘湘借完书，准备将借书卡还给宋科宇时，借书卡却不翼而飞了。她急得沿着回来的路反反复复找了三遍，正要钻进学校的花坛去找，没想到被宋科宇一把拉住了。

"没关系，我再补办一张就行了。"宋科宇一如既往地温柔。

"那怎么行？"刘湘湘急得语气里带了哭腔，她在刷卡时，曾看到宋科宇的借书卡里还有好几百的余额。

那可是她两个月的零花钱。

刘湘湘没听宋科宇的话，执拗地钻进了花坛里，宋科宇没办法，只好跟在她身旁，小心翼翼地一起找。

虽然两个人心里都明白，借书卡不可能出现在这种地方。

急昏头的刘湘湘四处翻找，身子像陀螺一样转来转去，一不小心跟宋科宇迎面撞上，她尖叫一声，吃痛地捂住额头。

"我都说了算了。"宋科宇的语气有点儿不快，刘湘湘以为他不高兴了，立刻双手合十作揖不断向宋科宇道歉，没想到宋科宇下一句话说的是，"要是上面落下什么东西砸到你，该怎么办？"

宋科宇的语气很温柔，看向她的眼神也很温柔，若不是刮过一阵冷风，刘湘湘都要沉醉在这样的光景里。

9

没想到这张借书卡被自己夹在了书里，真是造化弄人。

"湘湘快过来！"

原本拿着宋科宇的借书卡准备去图书馆的刘湘湘被好友在半路截住："来玩个游戏吧。"

"什么游戏？"

"你的名字笔画数和你想算的人的名字笔画数相减，就能得到你们之间是什么关系。"

刘湘湘兴趣缺缺，但还是在好友的殷勤吆喝下参与了这个无聊的游戏。

"你准备算谁和你？"

"宋科宇。"刘湘湘脱口而出。她自己也吓了一跳，自己真的是太过于专注这件事了，以至于会下意识地报出他的名字。

"好，你的名字是 6 画加 12 画加 12 画，一共是……"好友打开手机计算器正准备相加，突然被刘湘湘拉住手。

"你再说一遍我的名字笔画？"刘湘湘的声音有些发抖，她觉得，自己越来越接近真相了。

"刘字 6 画，湘字 12 画。"

刘湘湘拉开椅子，发出刺耳的声音，她跌跌撞撞地走回座位。

61212，宋科宇的借书卡密码，是她的名字笔画。

难道那个女生，真的是她？

不对不对，也许这只是一个巧合。

或许那个人的名字也是这个笔画呢？

再说了，不还是有 $128\sqrt{e980}$ 吗？刘湘湘在座位上自言自语，跟过来的好友突然发出爆笑。

"你笑什么？"

"你是在说 $128\sqrt{e980}$ 是吧？竟然连这个算式的意思都不知道。"好友捂住肚子，眼角笑出了泪花。

难道真的这么好笑?

"你把这个算式的上半部分遮住再来看。"

刘湘湘伸出手,遮住了这个算式的上半部分。

I LOVE YOU(我爱你)

一记惊雷在刘湘湘耳边炸开,良久她都没有回过神来。口袋里还紧紧攥着宋科宇的借书卡,她全身一阵发麻又一阵发凉,眼泪在她眼眶里打转。

到底是哪里出了错,怎么会是这样?

 10

刘湘湘像丢了魂似的飞奔回家,翻出宋科宇的语文课本,她一遍又一遍地快速翻阅整本书,那个短发女生的画像一点点地,从发梢到眼眸,在她面前显露出来。

不知道宋科宇花了多久的时间来观察,才会画得如此仔细,如此小心翼翼不被他人轻易察觉。

翻到第十一遍时,她发现那个女生的耳垂上有一个小黑点,她不自觉地走到镜子前,露出耳朵,上面一颗小黑痣赫然存在。

再翻出高一军训时的大合照,那时的她,细细的眉眼,嘴角微微上扬,正在傻笑。

她的记忆就像是突然拉开窗帘,阳光刺进来的房间,瞬间明朗起来。

高一开学那天,她热得快成烤肉了,路过学校附近一家奶茶店,看见里面一个斯文清秀的男生闷闷不乐地咬着吸管,透明杯子里的奶茶却不见少。

观察了好一会儿,她发现,那个男生并不是苦闷,而是焦虑。

他反复把手伸进兜里又拿出来。

刘湘湘猜,他肯定是没带钱才会如此窘迫,于是对他粲然一笑,为了不拂他的面子,偷偷帮他付了钱。

后来,刘湘湘站在倒数第二排的窗前,微风拂来,她的发梢轻轻浮动。她站在那里,想象着宋科宇坐在这里时的种种心情。

最遗憾不过的是,在她发现他的秘密时,他已经不在人世。

眼泪从刘湘湘的脸庞跌落,又很快蒸发,微风好像在告诉她,不要伤心。

难过的光景里,刘湘湘仿佛又看到宋科宇清澈而温柔的眼眸,在跟她说再见。

第五章

只为南鱼座闪耀

只为南鱼座闪耀

文／轻　寒

 楔子

2015年7月14日，在太空中漫游九年的新视野号探测器，飞掠冥王星，终于拍摄到冥王星的高清照片，传回地球，引起全世界的关注。

第一次看到冥王星的真实面目，所有人在惊呼冥王星带着一颗"心"时，宋南鱼想起了陆慎，仿佛找到适合联系他的理由，难掩紧张地拨通他的号码。

"对不起，您所拨打的电话不在服务区。"

机械应答的冰冷声音，让她好不容易积聚的勇气瞬间消失殆尽，取而代之的是怅然若失。

上一次见陆慎，是在五个月前的情人节，他讨厌凑热闹，不喜欢人潮拥挤的地方，有点儿勉强地陪她看电影吃情侣套餐，强调道："情人节只是发掘商机的促销日，别被商家绑架了。"

对于他"不解风情"的客观论调,宋南鱼无法反驳,也不愿像往常一样附和他,终于正视起他们之间的不协调。

"我就是普通女生,爱看庸俗狗血的偶像剧,幻想摘星揽月的浪漫,热衷各式各样的纪念日,我喜欢这些在你看来无聊幼稚的东西。"她觉得受不了,"陆慎,我没法再装无所谓,我累了,所以分手吧。"

"辛苦你了。"

那时陆慎这么说,面瘫脸依旧波澜不惊,但她第一次在他眼中捕捉到一闪而过的受伤之色。

之后,陆慎不再联系她,没有挽留没有纠缠,她说分手,他就转身断得干干净净,堪称模范前任。

宋南鱼心里有着说不出的失落,原来他并没有那么喜欢她。

她一直都知道,她和陆慎之间最大的差距并非年龄,而是凡人和天才的距离。

宋南鱼望着冥王星的照片发呆,他们之间的距离比地球到冥王星还要遥远吧?

 1

初见陆慎那天,是高中开学一周前,宋南鱼记得非常清楚,2006年8月24日,与冥王星有关的日子。

好伙伴陆谨因为出水痘在家"闭关",没法出门玩,她提着一篮筐自家院子里摘的龙眼去探病,开门的人就是陆慎。

宋南鱼对陆慎的第一印象是五官端正、气质老成,比她小两三岁的模样,喜怒不形于色,眼神有着超乎年龄的犀利。

看到来客,这小子只抬了抬眉示询,懒得开口。

她表明来意后,他就直接带她去找陆谨。

陆谨戴着口罩正在客厅打游戏,一见到她,就把游戏手柄丢给她,陪自己大战三百回合,至于慰问品,直接交给了陆慎。

陆慎洗好龙眼放在两人面前供他们食用,自己则坐在一旁,面无表情地刻着橡皮章,闷不吭声,时不时地瞥他们两眼,仿佛在监视。

"他是谁?"宋南鱼觉得瘆得慌,陆谨没提过有什么兄弟姐妹,忍不住偷偷问,"你怎么不和他一起打游戏呢?"

"我弟,这小子无趣得很。"陆谨有些不耐烦道,"心情一不好就刻橡皮章,别管他。"

"你惹他了?"

宋南鱼和陆谨同学三年,跟他混成了假小子,最清楚他的底细,别看陆谨长得斯文秀气,捉弄起人来花样百出。

"惹他的是国际天文学联合大会!"陆谨翻了个白眼,"那群人今天开除冥王星,将它踢出太阳系九大行星之列。于是,冥王星低人一等,变成了'矮行星',有人就不高兴了。"

"呃。"宋南鱼咋舌,意外于陆慎的关注点,瞄了他一眼,"这种事好像离我们挺远的,都无所谓吧?"

他们正处于爱玩爱疯的年纪,谁吃饱了撑的去管宇宙的闲事呢?

"地球和冥王星同为宇宙中的天体,人类一边提倡万物平等,一边以自己的标准对其他天体分级设限,自相矛盾。"陆慎冷哼,"至少等新视野号完成任务,认清冥王星模样再开会也不迟。"

对于初中刚毕业的宋南鱼来说,陆慎之言过于高大上,超越她的认知范畴,根本接不上他的话,甚至不明白他所表达的意思。

她和陆谨面面相觑,陆谨一脸"这小子真无趣看到了吧"的表情,宋南鱼也意识到他们和陆慎的脑电波不在一个频率上,沟通不良。

不过，回家后宋南鱼偷偷去查了下"新视野号"，才知道是NASA（美国国家航空航天局）发射的冥王星探测器，暗暗感慨陆慎年纪虽小，但涉猎范围真广。她只在小学作文《我的理想》中吹牛长大后想成为科学家探索宇宙奥妙，实际上十二星座都没认全。

宋南鱼没料到那么快就再次见到陆慎，高中开学后，她和陆谨分到了不同班级，坐在她隔壁的却是陆慎，着实把她吓了一跳。

听班主任介绍，陆慎是跳级生，智商碾轧同龄人，一路竞赛拿奖当饭吃，高中最多读两年就会去科大少年班，希望这期间，作为哥哥姐姐的同班同学，对他多多关照。

宋南鱼震惊了，责怪陆谨没有提前告知，有个天才弟弟，这是多么骄傲的事啊。

"在天才弟弟的衬托下，成了草包哥哥，你觉得我会开心吗？"陆谨敲了敲她的脑袋，"以后少在我面前提他。"

宋南鱼隐隐察觉到陆谨对陆慎的某种不满，自然顺他的心，没向他多打听陆慎的事。

或许有"爱屋及乌"的心态，因为是陆谨的弟弟，宋南鱼对同班的陆慎颇为关注，很快就发现他和其他人格格不入，情商急需充值，一开口就得罪人。

起先，大家对跳级生很好奇，纷纷向他探讨学习捷径，结果陆慎回答："智商高低决定学习好坏，没有捷径。"

言下之意，比他成绩差的就是智商不行，瞬间拉了一堆仇恨。

女生们热衷讨论星座分析性格交友匹配度，统计大家星座时，问到了陆慎，他说："星座对人类命运的影响，只是迷信，没有任何科学依据。"

女生们一脸被雷劈的表情，这冷水泼得让大家不待见他，都说

他无趣不合群,脑子虽好,就是缺根弦。

"陆慎,其实不用那么严肃的。"借着邻座便利,宋南鱼凑过去建议,"女生研究星座,只是想从侧面了解一个人嘛。'

"研究?"陆慎想了想,问,'那你对南鱼座有什么研究心得吗?"

"十二星座里有南鱼座?"宋南鱼没想到她的名字和星座有关,双鱼座吗?

"天空中有多少星座都不知道,就别打'研究'的名号,自曝其短。"

陆慎用仿佛看白痴一样的眼神看着她,摇摇头,明显在质疑她的智商。

宋南鱼觉得她"同情"错人了,难怪陆谨不爽他,年长的同班同学不关照他,他这副天才睥睨凡人的姿态,的确很欠揍。

后来,宋南鱼去查资料,确定天空中有八十八个星座,其中就包括南鱼座。

南鱼座最亮的星叫北落师门,在周边暗星衬托下,光彩熠熠,鹤立鸡群,在浩瀚星空中,却又显得那么孤独。

宋南鱼觉得陆慎就像那颗北落师门,木秀于林,便与周围格格不入。

 2

最初的好奇劲儿过后,大家对陆慎的关注渐渐减少,当他是个乖僻难相处的天才,将他上交学校,看他参加各种竞赛为校争光,在表彰大会上为他鼓鼓掌,仅此而已。

与少年老成的陆慎不同,性格开朗的陆谨在学校十分活跃,呼朋引伴,围绕在他身边的男生女生都能组队去参加奥运会了。

就连宋南鱼也开始留长头发,改变假小子的形象,希望陆谨会注意到她的变化,偶尔还会向陆慎打听陆谨的动静,毕竟他们放学后住在一个屋檐下。

然而当陆谨发现她的头发变长,反而打趣道:"小鱼长发一飘起来,都不像我的小伙伴了。"

不久后,陆谨和黑长直发的校花走得很近的消息传出,变成大家议论的八卦,虽然不知道传闻是否属实,宋南鱼还是受到了影响,最直观的就是成绩飞流直下三千尺,数学直接不及格,看着邻座陆慎满分的卷子,她羡慕嫉妒恨:"陆慎,为什么你能拿到150分?"

太不公平了,她比陆慎多上两三年的学,结果并非一分耕耘一分收获。

"因为卷面只有150分。"陆慎理所当然道,瞥了一眼她的分数,"考这么点儿分,你该琢磨琢磨怎么提升成绩了。"

"怎么提升?"宋南鱼下意识地问,虽然讨厌这个人,但对他的成绩还是很服气的。

哪承想陆慎从口袋里掏出两颗核桃塞到她手中,认真道:"先补脑。"

这小子果然讨人厌,有这么损人的吗?

宋南鱼愤愤地将核桃砸在他那张面瘫脸上:"你才需要补脑呢!"

"核桃所含的磷脂和锌确实对大脑有益,缺锌会影响记忆力。"陆慎不解地看她,说明核桃的价值,再次把核桃递给她,"我脑子很好,少吃两颗核桃没影响。"

宋南鱼扶额,这才明白他并不是在损她,而是真情实意地要给她的脑子补充营养,她却发脾气,不由得尴尬道:"我赤手空拳怎么吃核桃呀?"

下一瞬，陆慎耍起小刀，以让人叹为观止的手法剖开核桃，掏出核桃仁给她。

宋南鱼对陆慎刮目相看，他不仅脑子好，动手能力也强悍。可惜真的缺根弦，才让人觉得难相处，明明年纪比其他同学小，大家却觉得他是最不需要被关照的人。

宋南鱼吃了核桃，"先"补了恼，陆慎接着给她补误，根据她的智商水平，教她适合的解题思维，考前顺便画些重点让她加固，效果显著，她的成绩就像一行白鹭，直上青天。

"如果你能这样教其他人学习方法，大家都会喜欢你的。"宋南鱼由衷道。

陆慎环视教室一圈，说："朽木不一定可雕。"

宋南鱼赶紧比了个"嘘"的手势让他小声点儿，免得被"朽木们"听到遭围殴。

看向陆慎时，才发现他脸红得不正常，宋南鱼感觉有异样，手不由自主地探到他额头，好烫。

她惊道："陆慎，你在发烧！"

"人体最高耐受温度为 $40.6℃\sim41.4℃$……"

"等到那时，你会被烧成脑残的。"

宋南鱼打断他的理论说，在全班同学怪异的目光下，拖走还想硬撑的陆慎，去医务室，一量体温 $39.2℃$，赶紧请校医打退烧针，吃了药让他躺下休息，下午的课不用回去上，她会跟老师说明情况。

陆慎拉住她的手，似乎烧得有点儿糊涂："不要走。"

宋南鱼第一次觉得陆慎像个会撒娇的孩子，有弟弟的模样，让她不忍拒绝，心底忽然一片柔软。

那日，宋南鱼在医务室陪了陆慎一下午，两人因此有了传闻，

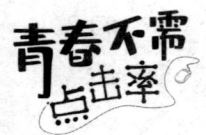

大家看见他俩就挤眉弄眼，笑而不语。

"他是弟弟，我照顾他怎么了？"

宋南鱼大方地摆出姐姐架势，面对暧昧的目光。

陆慎依然安静地当着天才"学神"，两耳不闻世俗之事，懒得捧"姐姐"的场。

 3

高二时，陆慎毫无意外地通过科大少年班甄选，以姐姐自居的宋南鱼与有荣焉，联合同班同学想为他提前办个毕业典礼。

她风风火火地折腾一番，陆慎却放弃了少年班，理由是不想跳级了。

"陆慎，你是进入了叛逆期，还是智商欠费？"宋南鱼感到匪夷所思，"那可是天才云集的少年班，你非一般人，不走寻常路才是对的。"

"千里之行始于足下。"陆慎很淡定，将录取通知书给她，"你对少年班感兴趣，这给你当纪念。"

天才的脑回路果然不是凡人能理解的，宋南鱼弄不懂陆慎，也无法明白陆谨的选择，他突然决定留学，提前一年为出国念预科做准备。

"我现在不走，难道等明年高考成绩出来，沦为天才弟弟的陪衬吗？"陆谨出国的理由就是这么任性。

宋南鱼和陆慎去机场送行，面对毫无离别伤感如同脱缰野马的陆谨，别扭得不愿说再见，他应该提前告知，让她有点儿心理准备。

"小鱼，过来。"陆谨直接把她拽过去，若有所思地瞥了陆慎一眼，附在她耳边说，"我家弟弟虽然脑子聪明，但某些方面很笨拙，以后就拜托你了。"

宋南鱼望着空中飞机留下的线云发了很久的呆,陆慎有些不耐烦,直接将她拖了回去。

"陆慎,陆谨出国,你都没觉得舍不得吗?"

尽管陆谨表现得很介意跟弟弟比较,可离开前不忘嘱托她关照陆慎,还是有哥哥的样子的。

"他羽翼已丰,选择离巢高飞,我是否舍得对他没有影响。"

陆慎的答案很理智,宋南鱼反而有点儿羡慕他,圣人说"不以物喜不以己悲",大概就是他这种境界吧?

"以后我们去不同的大学,就算我因朋友分开伤感,你也无所谓吧?"

宋南鱼不由得多愁善感起来,可惜天才不会懂她这些小情绪,只是看着她,没说什么。

到了高三下学期,大家都忙着最后的冲刺,羡慕陆慎可以保送,他唯一该烦恼的是选择北大还是清华。

结果,跌破众人眼镜,陆慎放弃了保送名额,理由是他想参加高考,大家纷纷感叹"饱汉不知饿汉饥"。

"陆慎,顶级大学你都不去,你还想考什么学校?"

宋南鱼想,叛逆期的男生真是不按常理出牌。

陆慎打量着她,反问:"你应该想以你的水平能考什么学校。"

"我只要过线,到时看分数再选择大学。"

宋南鱼有自知之明,虽然小时候也操心过上北大好还是清华好。

"那就定个目标。"陆慎想了想说,"你可以挑战 X 大。"

X 大?国家 985 重点大学,也是他们省内最好的大学,对她来说很有难度。

宋南鱼一听,忙摆手道:"你高估我了,除非你智商分我一半。"

"根据我对你的数据分析,达到X大分数线,九成概率。"

陆慎似乎认定她能考上X大,在高考前三个月,帮她定制了一系列学习方案,不同科目归纳出不同重点,各种解题思路巨细无遗,她就像任督二脉被打通了,模拟考成绩步步高升,等她进入考场,下笔如有神助。

在收到X大的录取通知书后,宋南鱼兴奋地跑去找陆慎道谢,才知道他也被X大录取,不由得有点儿惊讶,他是市高考状元,X大并非最佳选择。

陆慎平静地看着她,不带一丝遗憾道:"省内大学,离家近。"

宋南鱼暗自感慨学神的任性,天才的眼界就是与众不同,不过想到两人同校,她还是蛮开心的。

可惜两人选的不同专业,她学的新闻系,陆慎是物理系,平时不在一块上课很难遇见。宋南鱼想到陆谨的嘱托,仍会担心陆慎的人际关系,毕竟他身边都不是同龄人,代沟是少不了的。

于是,她拉着陆慎一起加入天文社团,趁着课外社团活动,了解他的情况。陆慎对她有问必答,并不在意与他人是否合拍。那时美剧《生活大爆炸》正在流行,科学怪人谢耳朵让人联想到陆慎,他就多了个"陆耳朵"的绰号。

"谢耳朵还是个游戏宅男,你又不玩游戏,才不像呢。"

宋南鱼察觉到"陆耳朵"名字下的不怀好意,安慰陆慎说。

"谢尔顿·李·库珀博士,智商高达187的物理天才,我和他差得很远。"

陆慎完全没意识到绰号中的嘲讽之意,实事求是得让宋南鱼无语,只能仰望他,某些方面看,陆慎很强大,不是需要照顾的弟弟。

第五章

只为南鱼座闪耀

自从上大学，陆慎进入发育期猛长身高，直到大二整整高出她一个脑袋，这才长停了，完全没有弟弟样，成熟模样显得很可靠。

像现在，一起参加社团的野外观星活动，她跟着他寻找最佳观测点，望着他高大的背影，竟会觉得有些陌生，心中有种异样的悸动。

心不在焉的下场就是她跌进不知什么年代留下的捕兽坑，慌乱中一抓，将陆慎也拉下来。近三米深的坑，杂草藤蔓丛生，又湿又滑，根本爬不出去。

再看看手机没信号，联系不到社员，崴到的脚又肿又痛，宋南鱼拽着陆慎的衣角，不知所措。

陆慎镇静地观察情况，确定不宜强行攀爬后，拉着宋南鱼坐下来："我们现在最好的选择，就是原地等待救援。"

黑乎乎的深坑让宋南鱼感到害怕，不由得靠近陆慎，实在忍不了才说："陆慎，我脚崴到了，很痛。"

陆慎用手机照明，将她崴到的踝关节检查一番，从背包中找到毛巾，倒上纯净水给她冷敷缓解疼痛："没伤到骨头，再忍忍，会没事的。"

为了分散注意力，陆慎跟她说起观星指南："秋季南天亮星少，重点是南鱼座的北落师门，它是最亮……"

这样的陆慎让她安心，不知不觉靠在他身上睡着了，第二天醒来时，天文社的人和搜救人员终于找到了他们，一出深坑，陆慎就背着她直奔救护车，去医院做检查。

在他背上，闻着陌生的男性气息，宋南鱼突然意识到陆慎是个男人，她的心跳便失控了，仿佛感觉到陆慎所说的苯基乙烷在活动。

后来，当天文社的人起哄他俩的关系时，宋南鱼脑子一热，牵起陆慎的手，说："我们在一起，又怎样？"

她小心翼翼地瞅了眼陆慎，他的表情没什么变化，但嘴角有点儿翘起来，似乎在微笑。

大三时，全校都知道物理系的"陆耳朵"有女朋友了。

 4

跟天才恋爱是怎样的感觉呢？

最初在一起，宋南鱼会崇拜陆慎，为了与他有共鸣，她会努力去了解相关专业的知识，想让自己和陆慎有共同话题，但越想装高大上，越容易被打脸。

他们一起看《盗梦空间》时，宋南鱼提前背了些网上关于电影的科幻理论，在陆慎面前显摆梦与物理学的关系，陆慎平静地说："梦实际上是一种反物理的存在。"

宋南鱼只能讪笑，后来再看《星际穿越》时，她感动于"爱能穿越时空"，陆慎从现实科学角度指出电影中存在的诸多物理问题，认为"爱作为穿越时空的载体"并无科学依据。

看电影作为恋爱约会的一般消遣，这其中的乐趣，宋南鱼从未体会到，反而成了她的科普时间，每次她都装作很感兴趣的样子，不想让陆慎觉得自己是肤浅的女生。

陆慎从不是浪漫之人，他们最浪漫的约会大概是天文社定期举行的野外观星。陆慎会牵她的手，走过坑洼草地，寻找最佳观测点，一路跟她介绍各种星象。她抬头仰望他，漫天繁星下，他的眉眼仿佛在发光闪耀，她想起最初在一起的契机，又有心动的感觉。

毕业后，宋南鱼进入电视台成为记者，陆慎被保送到天体物理研究所，两人在一起的时间变少，问题就出现了。

长期在外跑新闻做采访，宋南鱼又变成了假小子模样，于是和陆慎约会时，就会特别花时间来捯饬自己，以至于迟到，引起陆慎不悦，让她别化妆。

记者工作时间不固定，有时和陆慎在一起，会被紧急任务叫走，等到休息时，拉着陆慎陪她看偶像剧，他直接关掉电视，觉得那些东西幼稚。

宋南鱼私下偷偷看偶像剧，羡慕别人的恋爱，男朋友温柔体贴又知情知趣，甜言蜜语听得人心窝暖。

这样一对比，宋南鱼觉得心酸，当初是她主动，陆慎才配合着和她在一起，他从未说过喜欢她的话，也不懂她的心思，经常她一个口令他一个动作，不会哄她，更不会给她惊喜。

她和陆慎根本就不是同一频道的人，不断去揣测他的心思，猜不透也摸不清，让她感到疲惫。

情人节，她明知陆慎不喜欢凑热闹，还是希望他陪她一起过，没有玫瑰花没有巧克力，陆慎直接表达对这些商家节日营销的反感，眼中透着不耐烦，仿佛想快速结束约会，回研究所继续做实验。

宋南鱼想到自己连续加班三天，就是为了空出情人节和陆慎共度，但他并不认为情人节有意义。

压死骆驼的最后一根稻草出现，她气馁，提出分手。

分手如同她发出的口令，陆慎毫无异议地执行，甚至连"再见"都没说，就从她的世界里消失，没有任何留恋。

她想，终究是他心里没有她，分手才会如此干脆。

转眼近半年过去，宋南鱼开始习惯分手的现实，直到看见冥王星的真面目，才想起和冥王星有关的陆慎，心底有一种难以言说的痛，一切已成了惘然。

打了陆慎的电话不在服务区，宋南鱼就没有勇气再次拨打，盯

着手机黯然神伤。

手机突然响起,她吓了一跳,以为是陆慎回电,一瞬间有些手足无措。

"小鱼,看到冥王星的照片了吧?记不记得陆慎以前为了冥王星被开除闹情绪?你那时还觉得无所谓呢。"来电的是毕业后一直待在美国工作的陆谨,"我现在国内,出来见个面吧。"

当初告诉陆谨自己和陆慎的事时,陆谨还有些意外:"那小子真会保密,看来下半生都要拜托你照顾了。"

如今和陆慎闹成这样一个僵局,宋南鱼觉得尴尬,犹豫了许久才去见陆谨。

在咖啡馆等她的陆谨,跟漂亮的服务员有说有笑,俊朗风流,比年少时更会讨女生欢心。

宋南鱼看着陆谨,心中再无年少时期的懵懂,反而想起在电影院外等她被搭讪的陆慎,美女假装迷路请他送她去酒店,他却说:"打110,警察会帮你。"

他的不解风情换来美女一记白眼,他越过美女,直接迎向她,那时感觉他的眼里只有她,她暗自欣喜。

"小鱼,看看。"

陆谨给她一个盒子,里面全是陆慎刻的橡皮章,翻开看,有她的姓名章、简笔画像图章,还有星象章、电影名章,竟然都与她有关。

"这是……陆慎的?"

宋南鱼的内心五味杂陈,看到这些橡皮章,她知道陆慎在发泄着什么。

"心情不好就刻章,陆慎这习惯从小到大都没有变,看来他近期心情很糟,才刻了这么多的章。"陆谨拿起一个宋南鱼的姓名章,

"小鱼,你真的不懂他吗?"

宋南鱼沉默不语,她确实不懂陆慎,因为他什么都没说。

"陆慎智商虽高但情商是真低,他对很多东西的感受和想法跟我们不一样。"陆谨感慨道,"他放弃少年班,放弃保送名额就是为了和你进同一所大学,他放慢自己的脚步,始终在你身边,小鱼,你真觉得他不在意你吗?他只是不擅长表达情感而已。"

宋南鱼顿时觉得胸口被狠狠一击,忽然想起多年前陆慎拉着她的手说"不要走",想起她主动牵他手时,他微微翘起的嘴角……她感觉得到他对她的依赖,结果是她先放开他的手。

对陆慎来说,恋爱是苯基乙烷和多巴胺作用的东西。

她明知道他和一般人不同,为何还要用一般人的恋爱标准来衡量他呢?

宋南鱼带着一盒子的橡皮章,迫不及待地告别陆谨,她要赶往研究所找陆慎。

她相信,不管她问什么他都会给她答案,那么她要亲口问他到底有多喜欢她。她不想再自以为是地猜测他的心。

然而,研究所的负责人告诉她,陆慎在两个月前就跟导师去美国参加项目研究了。

 5

美国休斯敦大学研究所,陆慎正在实验室发呆。

他手里拿着一份证书,花了四五个月搜寻发现的未知小行星,通过国际小行星中心的认证,拥有正式编号,由他命名。

拿起电话,又放下,他想打给宋南鱼,却又觉得于事无补。

电话只是通讯工具,并非解决他们之间问题的法宝。

其实，陆慎并不清楚他和宋南鱼之间出了什么问题，为此，他代入数学公式，通过物理定律，观察化学反应，甚至建模研究，可惜毫无所获。

当宋南鱼说她累了，那么分开冷静，让她休息，他觉得是对的。

他已经近半年没有见到宋南鱼，但一想起她，情绪就会焦躁，明显感觉到多巴胺的失控，让他体内激素都变得混乱。

为了恢复正常，他不得不重新梳理他和宋南鱼的关系，或许能找到"解题思路"。

最初宋南鱼是陆谨的同学，后来他成了宋南鱼的同学，或许是因为陆谨，宋南鱼自诩"姐姐"，对他很照顾。

对陆慎来说，无论从生理学还是伦理学看，宋南鱼都不是姐姐。然而，不知不觉间他将宋南鱼当成特别的存在，生病时会希望她陪伴，有她在身边，他就会觉得心情舒畅。

慢慢地，他发现自己一见到宋南鱼情绪就会高涨，看不见宋南鱼情绪便会莫名地低落，他有疑惑就去刨根究底，答案是苯基乙烷和多巴胺影响了他，换句话说，他对宋南鱼有恋爱的反应。

他不懂其他人的恋爱是怎样的，只知道和宋南鱼在一起，他身心愉悦，为此，少年班保送名额都变得无关紧要，他不想再一个人往前跑，他放慢脚步就是为了和宋南鱼并肩同行，他眼中的未来，都有宋南鱼的影子。

这一路，陆慎以为和宋南鱼最有默契，所以她会牵他的手，他们会聊别人不懂的话题，一起仰望遥远的星空……直到宋南鱼说分手，陆慎才蒙了，他没想到宋南鱼和他在一起那么"辛苦"。

如何才能让宋南鱼和他一样，在一起时觉得舒服呢？

分开之后，陆慎一直在思考，除了去找他们都感兴趣的星星，

第五章
只为南鱼座闪耀

他没有找到其他答案。

陆谨回国前，曾来休斯敦见他，看他为宋南鱼烦恼的模样，反而大肆嘲讽："天才和白痴果然只有一线之隔，你以为恋爱是答疑解惑有标准答案吗？陆慎，小鱼对你来说是什么，别用你的脑子分析，用心去感受。"

陆慎的心向来是跟着直线思维的脑子走，他觉得宋南鱼原来的样子很好，就不要她化妆折腾自己；他想要两人独处宋南鱼只看他，就关掉电视不让她看偶像剧；宋南鱼工作生活作息不规律，有假期时希望她多休息，不要硬出来陪他玩了，比起凑节日的热闹，他更想安静地陪着她，跟她讲讲她喜欢的星座星象。

但陆谨的话让陆慎心乱如麻，宋南鱼对他来说很重要，重要到他的未来规划全都围绕着她展开，没有她，他画不出未来的蓝图。

所以宋南鱼提出分手，他并没有同意，只觉得她既然累，就让她好好休息一段时间。这段时间，他每天都会想她，想见她，又怕打扰她休息，他很不知所措，只能去找星星。

实验室的门突然被敲响，惊醒了神游中的陆慎，他打开门，呆若木鸡，眼中有着难以置信的波动。

"陆慎，好久不见。"

宋南鱼大大方方地同他打招呼，她第一次看到陆慎有这么大的表情变化，简直像是晴天遭雷劈，看来她对他影响很大呢。

"六个月零两天。"陆慎准确地报出两人分开的具体天数，有点儿激动地问，"你也来这里工作吗？"

"不，我是来见你的，想给你看看冥王星的真实模样。"宋南鱼拿出照片，指着冥王星的心形斑，"冥王星都懂得表示它的心，陆慎，我要怎么懂你的心呢？"

陆谨的一席话让她脑子发热想见陆慎，想要正视他，就匆匆忙忙办了相关手续赶来休斯敦，她想知道陆慎对她有多喜欢。

"如果我是冥王星，你就是守护我的卫星卡戎。"陆慎看着冥王星的照片，想起他们初见的情景，他的心应该比冥王星的心，更容易让她看到才是，"如果你是南鱼座，我就是属于你的北落师门。"

这大概是陆慎能说的最极致的情话了吧？

"你是我的，你需要我，对吧？"

宋南鱼想，这次她应该懂他的心了。

"对。"陆慎点头，想起什么，忙不迭地将国际小行星中心的证书双手捧给她，"我没办法为你摘星揽月，只能这样送你一颗星星，你会喜欢吗？"

宋南鱼拿起证书一看，震撼又感动，她看到陆慎比星星还要闪耀的心。

她说幻想摘星揽月的浪漫，只是一种形容而已。

为此，陆慎在茫茫宇宙中为她找到一颗星，命名为"宋南鱼"。

"喜欢，我最喜欢你了！"

她扑进他的怀里，抬头又看到他翘起的嘴角，心，怦然而动。

第五章

请送别我

请送别我

文／栖何意

我们一起经历了两次毕业季，一次我们并肩作战，一次我们各奔东西。

晚舟后来广为人知的身份是流行音乐作词人。那时她一口气为多位知名歌手填词，所作歌曲获奖无数。

她多作情歌，笔下的"得不到"总能在深夜直击人心，让人觉得，有时候爱而不得甚至比徒手摘星更艰难，因此，有了"女版林夕"的称号。

也是在晚舟成名之后，媒体记者们才发现，她最初是为民谣歌曲填词的。消息不胫而走，很快她就收到草莓音乐节的邀请函。

"抱歉，我不想去。"她在电话里婉言拒绝。

对方不死心，问她原因。

她沉默良久，却有些答非所问："十年前，我参加过摩登天空

音乐节。我更喜欢那时候……"

 1

十年前,晚舟作词还没有用笔名,写给陆甘棠的歌词下面,都大刺刺地写着"程晚舟"三个字。

作曲:陆甘棠

作词:程晚舟

她觉得这样的排列方式整齐又好看,陆甘棠笑她是"形式主义"。他说得没错,细究起来,就连她最初与陆甘棠的相识都带着"形式主义"的味道。

刚上小学的程晚舟便被父母送去学大提琴。从最基础的乐理知识开始,到初中毕业考到十级证书,从来没有人问过她是不是真的喜欢大提琴,如同她的学习成绩永远名列前茅,从小到大都让她父母引以为豪,而且她乖巧懂事,是亲朋好友口中"别人家的孩子"。但是,也没有人问她,她是不是愿意做个好学生。

她极度不愿意。

所以,到了高中时期,程晚舟开始喜欢周嘉宁的小说,尤其是《流浪歌手的情人》。她希望自己能像小说里的女主角一样,在学校附近有一家灯光昏暗的小酒吧,里面有驻唱歌手练吉他,手指在弦上飞快地扫过,一连串的音符跌宕在嘈杂的环境里,也击中了她的心脏。

但她的学校是市重点中学,学校会组织各种学生社团和课外活动,并不是滋养音乐酒吧和流浪歌手的环境,她的幻想无疾而终。

她为此难过了一段时间,自习课就躲在行政楼的天台上看闲书。

起初,那里是独属于她的秘密空间,可高二开学后的某个下午,她爬上去后,赫然发现墙角多出一个人。

第五章

请送别我

一个男生,身穿跟她同一年级的校服,拿着吉他坐在地上练琴谱。他看到她来了,朝她点点头,没说话。

程晚舟认得他,男生叫陆甘棠,是理科班年级排名前几的优等生,两人的名字曾一起出现在高一学年大榜的最顶端。在去食堂、做课间操或者升国旗的路上,他们也经常会遇到,但是没有任何交集。

她有点儿意外,原来理科班有的好学生跟她一样,有着不为人知的一面。

他们一人占领一面墙下的空地,她看书,他练吉他,谁也不打扰谁。

一开始,程晚舟以为陆甘棠只是个吉他爱好者,能弹出几个烂熟的和弦或者几段指弹曲。可听的时间长了,她发现他的演奏水平还不错,节奏稳定而准确,偶尔还会加入一些自己的编排。

有两天下午,陆甘棠都在练习鲍勃·迪伦的歌曲。一曲弹完接着一曲,甚至有些很小众的乐曲,他都能流畅地弹下来。程晚舟也喜欢鲍勃·迪伦,还买过他的诗集,听到熟悉的旋律,不由自主地跟着哼唱出声。

陆甘棠抬头看向她,眼底闪过一丝诧异。她立起手中的书,把印有《鲍勃·迪伦诗选》的封面拿给他看:"你弹得很好听。"

琴弦"噌"地颤抖一声,少年笑起来,眉眼舒展开,道一声"多谢"。

那天阳光灿烂,天空高远,抱着吉他的少年坐在地上,尘埃在他周身飞舞,全世界鲜活得像刚诞生一样。

程晚舟离开的时候,陆甘棠跟上来,自然地帮她推开天台的铁门。

两人一前一后下楼,少年略低沉的声音忽然在程晚舟头顶响起:"那本诗集可以借我看看吗?"

她停下脚步,他已走到她身边。她含混地"嗯"了一声,把怀里的书递给他,问道:"你听迪伦的哪首歌最多?"

"《大雨将至》。"两道声音几乎是同时响起。

他们四目相对,"扑哧"笑出声来。

暖橘色的斜阳攀上两人的脸颊,程晚舟这才看清陆甘棠的脸,他的脸很白净,一双深褐色的眼睛微微眯起来,看人的时候有些游离,又好像是无端的深情。

显然,在带她"逃离好学生"这件事上,陆甘棠是更适合的人选。

那一刻,程晚舟觉得,自己已经不再期待能与流浪歌手邂逅了。

 2

天台成了程晚舟和陆甘棠的秘密基地。他们渐渐熟悉起来,也会天南海北地闲聊,聊最近哪个歌手出了新专辑,聊村上春树小说里对鲍勃·迪伦音乐的描述,聊以后想生活的城市,唯独没有聊过成绩和考试这样现实的话题。

只有一次,是在高三第一次模拟考试结束后,她坐在墙角看书,他递给她一个笔记本,说:"你可以帮我填词吗?"

程晚舟顿了一下,抬头看他。

少年挠了挠头,脸上闪过一丝赧然:"我作文不太好,我看过你的满分作文,还被当成范文在全年级传阅。"

程晚舟扯了扯嘴角:"模考作文呀,只复印了单面,我还以为都被你们理科大神拿来当草稿纸了。"

陆甘棠忙摇头:"没有,你跟他们不一样。"

哪里不一样,她没有再追问,总之是答应了。

第二天下午,她一见到他就把笔记本丢给他:"给你,我睡一会儿。"

她没有告诉他,那首词她来来回回改了十几遍,一直到晨光熹微,才趴在书桌上睡了两个小时。但她眼睑下浓重的黑眼圈,陆甘棠到底是看见了。

她把校服蒙在头上,伴着节奏舒缓的音乐声很快睡着了。

梦里是毕业晚会的现场,陆甘棠抱着吉他在台上唱歌,眸子直直地看向她,周围的同学大声起哄,不断喊着"程晚舟,程晚舟",她赶紧跟身边的同学解释:"我只是帮他填了词!"

但没有人听,他们依然喊着她的名字:"程晚舟,程晚舟……"

她睁开眼,就看到陆甘棠站在自己面前,一只手拎着吉他,一只手伸开替她挡住阳光,那个时候太阳已经退到很远的地方,日光也早已不再刺目。

"你想听听吗?"少年的声音在耳边响起。

"好啊。"她点头。

秋日的傍晚,天际还残留着大片的火烧云,陆甘棠逆光站立,拿着一把木吉他,唱出她写的歌词。他少年的模样和略带磨砂感的嗓音,碰撞出一种奇妙的效灵,一种独属于他的特色。

而后天南地北,有笑有泪。

这一句原本她不甚满意,可多少有些平淡的歌词被他唱出来,感觉却全然不同了。

书山题海的高三,程晚舟不知道陆甘棠是怎样挤出时间来写歌的,但只要他开口,她都会帮他填词,有时候一写就是一整夜,那是她在高三的时候做过的最疯狂的事。

她从没告诉过陆甘棠,她学过多年音乐,所以在他看来,自己对他音乐的认可也只是一个非专业人士的鼓励。他到底年少气盛,

想得到真正的认同和评价。

"要不让市场检验一下?"程晚舟心里早就有这样大胆的想法,叛逃好学生的称号,是她一直以来隐秘的小心思。

陆甘棠有些疑惑:"怎么检验?"

"去 Live House(小型现场演出场所)唱现场。"她半真半假地说。

他沉默半晌,摇摇头,说道:"还是算了,现在学习要紧。"

她大笑起来,踮起脚,用力地拍拍他的肩膀:"我开玩笑的,你还当真了!"

陆甘棠没有去看程晚舟,也没有捕捉到她眼底一闪而过的失落。

 3

程晚舟和陆甘棠都考上了北京的大学,著名的学院路,高校扎堆。陆甘棠说,他选择学校的理由很简单,因为学院路共同体的选修课有刘欢讲西方音乐史。而程晚舟,选择了刘欢任教的那所学校。

那是奥运会之后的北京,一切都鲜活得不像话。在他们面前,大学生活像是炸开的烟花,丰富得令人应接不暇。陆甘棠参加了新生校园歌曲大赛,拿了第一名,再加上他干净的长相和文艺的气质,迅速成了学校里的红人。

程晚舟遇见过他几次,他们走在校园里,引得周围女生纷纷侧目。

"哇,你现在这么出名呀!"她揶揄他。

他却一本正经地回答:"这算什么,我的征途可是星辰大海。"

"祝你梦想成真。"

"你呢?"陆甘棠转头看她。

程晚舟展眉笑起来:"我啊,我当然是去找你。"

十月初,他们参加了第二届摩登天空音乐节。程晚舟是第一次参加音乐节，略显拘谨，陆甘棠倒像变了个人似的，拉着她挤进狂热的人群又唱又跳。

程晚舟最喜欢的美国摇滚乐队登台时，前面呼啦啦涌来一群人。"我可喜欢他们了！"她踮起脚，在陆甘棠耳边大声喊，试图冲向舞台正下方，却一次又一次被挤出来。

陆甘棠看着她哭笑不得，拉过她，将她圈在怀里，用手肘生生为她撑起一点儿空间。人群推搡过来，他咬着牙，用力推回去。就这么一步一步将程晚舟护送到舞台正下方，距离近到她可以清楚地看到乐队成员的脸和拨动吉他的手指。

上千人一起声嘶力竭地大喊着："我爱你。"程晚舟也跟着喊。

"你以后也要站在那里！"她指着舞台对陆甘棠说。

他点点头："嗯，你要来做见证。"

"我一定来。"

不久后，陆甘棠与校园歌曲大赛中的第二名余枫组成乐队，开始参加一些歌唱比赛并出席商业演出。

平时他们练习的时候，程晚舟就在台下等待，看一些国际前沿的音乐刊物，或者干脆拿着诗集翻看。时有灵感降临，她便就着昏暗的灯光填词。

一直到深夜练习结束，三个人胡乱在路边摊吃完东西后，陆甘棠和余枫再送程晚舟回学校。他们总是并肩走在学院路上嘻嘻哈哈地唱着新写的歌，彼此能看见对方脸上张扬的笑容，空荡荡的街上偶尔有车子呼啸而过。

"真好啊。"程晚舟忍不住对陆甘棠和余枫说，那是她觉得青春最美好的样子。北京满足了她少女时代对浪漫所有的想象，陆甘棠笑她："你可真容易满足。"

4

乐队那时还没有经纪人,程晚舟就主动去帮他们做很多琐碎的事。她厚着脸皮与主办方磨,温言软语,也能起几分作用,帮他们争取了很多演出机会。

乐队唱别人的歌,也唱自己的歌。陆甘棠有姣好的外表,不颓废,不流浪,尤其受女孩子的欢迎。每一次,他和余枫站在台上,舞台下的女孩们都会和着节拍,大声喊"陆甘棠,陆甘棠"。

他的目光偶尔从程晚舟所在的角落扫过,但是没有停留。她梦中的场景,一次都没有出现过。倒是余枫唱情歌的时候,常常望向她的方向。

因为有一些原创歌曲,他们常常被介绍为民谣音乐人,陆甘棠也被介绍为唱作歌手。可歌曲的词作者,也许是因为寂寂无名,也许是被默认为他们中的某一个,一直无人问津。

只有一次,是乐队在"愚公移山"举行了第一次大型Live(现场)之后,他们在大排档里撸串喝啤酒庆祝。程晚舟去了一趟卫生间,回来听到陆甘棠和余枫在争执什么。

"我说了,那没什么。"陆甘棠一边吃烤串,一边漫不经心地说。

余枫拔高了声音:"你又不是她,你怎么知道那对她意味着什么?这不公平!"

陆甘棠抬头,正好看见程晚舟,撇了撇嘴说:"那你问她咯。"

她看向余枫,对方没有看她,只一口气灌下整杯啤酒。

"他说,以后我们演出的时候,也让他们介绍一下你,你是我们的词作者。"陆甘棠解答了她的疑问,低下头继续吃东西。

程晚舟没想到余枫会替她打抱不平,在他说这个问题之前,她自己从没考虑过,一直当作是帮陆甘棠完成理想。她下意识地摆手,

第五章
请送别我

没有思考,就脱口而出一句"我没关系的"。

陆甘棠一副"我就知道"的表情看向余枫,余枫又猛灌了一杯啤酒。

程晚舟不确定这件事是不是他们开始有嫌隙的导火索,大四的时候,乐队宣布解散了。

三个人吃完散伙饭,最后一次游荡在深夜的学院路上。分开时,在昏黄的路灯下,余枫对陆甘棠连说了两句"我很羡慕你",目光却落在程晚舟脸上。

陆甘棠那时正为第一张专辑发愁,眼神迷离地看着路灯下飞舞的蚊虫,余枫转身离开后,他才缓缓道:"我有什么好羡慕的?"他半边脸陷在斑驳的光影里,语气漠然。

程晚舟的心像被人狠狠拧了一下,头忽然有点儿晕,几乎要栽倒。陆甘棠转过头,看见她有些苍白的脸,问她怎么了。他伸出手,刚要碰到她时,却被她一把扫开。

他们相识几年,她早知道陆甘棠不是那种对感情反应迟钝的人,只是到此刻她才肯相信,她不顾一切地奔走,也许永远无法抵达内心那一片渴望的森林。

5

大概是养成了习惯,程晚舟依然每天出现在陆甘棠身边。

大学毕业后,陆甘棠成为独立音乐人,准备推出自己的第一张专辑,整张专辑曲目的歌词全由程晚舟负责创作。

出专辑前是一段很艰难的日子,两个人窝在租来的小工作室里创作,陆甘棠经常写 demo(样本唱片)写到凌晨。他大学时就常常熬夜找灵感,落下了胃病,饮食作息乱得一塌糊涂,差点儿住进医院。

程晚舟也好不到哪里去,陆甘棠专心写歌的时候,她除了要填词,还身兼数职,所有的事情都亲力亲为。夏天闷热,小工作室里只有电扇,没有空调,程晚舟又困又热,只想钻进空调房的被窝里睡个天昏地暗。可这也只是想想,她去冰箱里拿一小块冰,放进嘴里,继续奋战。

这事儿她从未告诉过陆甘棠,只是每天温一杯牛奶给他,提醒他要按时吃饭。

陆甘棠的第一张专辑就破了纪录,封面是他戴着眼镜清瘦斯文的样子,某些角度还有些像徐志摩。英俊的外表和干净纯粹的嗓音互相加成,迅速为他聚拢了一大拨年轻粉丝,合作邀约也纷纷找上门来。

他开始作为演唱嘉宾在知名歌手的演唱会上出现,接受媒体采访,入围一些音乐奖项。

他开始成为一颗冉冉升起的新星。

但这所有的喜悦,陆甘棠还来不及与程晚舟分享,她就接到父亲出车祸的电话,她妈妈啜泣着说:"医生说你爸爸的情况不太乐观。"

她慌乱起来,全没了平日的理性和冷静,手足无措地坐在工作室里,问陆甘棠怎么办。

他替她买好机票,又送她上飞机。临走前,他拍拍她的脑袋叮嘱她:"叔叔肯定没事的,等他身体好了,你还要回来办庆功宴呢。"

那时候他们谁也想不到,在程晚舟离开的短短几个月的时间里,一切发生了天翻地覆的变化。

陆甘棠的专辑发行后,意图了解他更多的粉丝开始在网上打听词作者程晚舟是谁。有人猜测是他的另一个笔名,也有人猜测是他曾经乐队的成员。那些帖子,陆甘棠也许看到了,也许没看到,总之,

第五章

请送别我

他从来没有正面说明过。

那年十月,他接到摩登天空音乐节的邀请,站上五年前自己仰望过的舞台。

几乎是在同一时间,程晚舟因为过度疲劳,晕倒在了医院,清醒过来时,她想起陆甘棠的演出,忙打电话过去。

陆甘棠一听便急了,在电话里责备她不注意身体。刚说了几句,那边有人喊他过去测试设备,他犹豫了片刻,应了一声,对她说了句"你好好休息"便匆匆挂断电话。

"嘟嘟嘟"的忙音在程晚舟耳边响了很久。她想问问他最近累不累,有没有按时吃饭,第一次登上音乐节的舞台应该会很紧张吧,她有缓解紧张的小技巧……遗憾的是,这些话他都来不及听了。

晚些时候,她在网上看到他的采访视频,视频里的他穿着T恤和牛仔裤,还是一副大学生的模样,说话时眼睛微微眯起来,脸上没什么表情。

采访长达十分钟左右,记者问了不少问题,关于音乐的,关于个人的,程晚舟只记住了其中一个——他说自己现在是单身,找女朋友的标准是"要兴趣相投,也要好看吧"。

那记者不甘心,继续问:"是跟你一起同台过的女歌手吗?"

她没有说名字,但答案已经昭然若揭,在公开的演出中,陆甘棠只跟女歌手陈瑶同台演唱过。

那是个长相甜美、身材高挑的女孩子。也是在那次演出后,陆甘棠的粉丝常在贴吧里说他们俩很配。

陆甘棠贴吧置顶的帖子里有这样一句话——

"有同样的音乐梦想,如果肩并肩走在一起,该是爱情最美好的样子。"

6

程晚舟再回到北京时已是来年三月，陆甘棠在电话里说，让助理去接她。

助理是个跟她年纪相仿的女孩，性格活泼，一见面就说陆甘棠的工作有多忙，行程有多满。直到两人坐上车，女孩突然惊呼一声："晚舟，你就是程晚舟！那个词作者？"

程晚舟微微蹙眉："他没说过吗？"

女孩嘻嘻笑起来："没有，我们都以为那是他的笔名呢，还取笑他怎么起一个这么女性化的名字。"

一路上，女孩叽叽喳喳说了许多，可程晚舟一句都没有听进去。

那时陆甘棠在筹办自己的第一场个人演唱会，忙得不可开交。他们匆匆见了一面，吃了顿饭，话还没说几句，陆甘棠就不停地接电话。程晚舟懂事，让他去忙，他颔首说"抱歉"。

陆甘棠请了专人打理工作室的事务，程晚舟反倒无事可做。他们当初一起租的小工作室没有退租，她便搬去了那里，沉下心来学音乐、写词，渐渐也开始有人找她合作。

陆甘棠的演唱会在北京，门票在一夜之间被抢空。演唱会当天，程晚舟没有走特殊通道，在场馆入口排队时，有黄牛过来兜售门票，最便宜的也要一千四百元，是他们大学时两个月的生活费。

初夏的北京，夜晚凉风习习，但观众们热情似火，年轻的女孩们，有人号啕大哭，有人大吼大叫。

三个小时的演出，陆甘棠站在灯光最耀眼的舞台中心，程晚舟就坐在舞台的正下方，她能清楚地看到他的脸和拨动琴弦的手指。不知为什么，听他在上万人面前唱自己写的词，她却没有想象中激动。她拿出手机，记下他在演唱会中出现的问题，演出的技巧、编曲的重复、灯光、设备……

她把这些问题都发给陆甘棠，并附上自己的建议，洋洋洒洒写了一封上万字的邮件，却只得到了他简单的一句回复：知道了，谢谢。

那之后，陆甘棠陆续在其他城市办了几场巡演，程晚舟在电话里问："那些问题解决了吗？"

他没有听清，她也不再问，转而祝他一切顺利。

也是在那之后，网上对于陆甘棠的评价，开始出现一些负面声音。程晚舟记得，贴吧中有一句话说得犀利，但也中肯。

那人说,陆甘棠的演出如果用一句话总结就是，没有那样的阅历，却又故作老成，歌手自诩文艺。

他唱的现场，几乎是车祸现场，想要效果更好，需要更好的设备。专业方面，写的词尚且可圈可点，但是演唱技巧生疏，音域和其他方面也不具备能称为歌手的水平。

程晚舟查看了那个 ID（名称），想找他/她聊一聊，但没多久，帖子就被删掉了。这样的情况她后来还遇到过几回，旁敲侧击问了陆甘棠的助理，可助理避重就轻，只说不知道。

陆甘棠开始准备第二张专辑的内容，约程晚舟一起吃饭。席间她问他："你实现自己的理想了吗？"

他笑得有些得意："我感觉还行。"

"但我觉得我们以前的创作更多是靠灵感，缺乏专业知识的加持。"她深吸一口气，继续道，"我想有必要停下学习一段时间。人生需要不断填充，才能摆脱空心。"

"哈哈哈！"他大笑起来，好像听到什么特别好笑的事，"你疯啦！我现在正在上升期，不趁热打铁，站稳脚跟，却要停下一切去深造？谁知道回来之后音乐市场会变成什么样。"

"那你拿什么来创作?"

"你在怀疑我的音乐才能?"

她抬起头看他,对面的少年已经长成一个年轻的男人,身上有着万千少女喜欢的温柔气息,于她,却是陌生的。她心一横,"你看看你自己现在的样子,膨胀得忘乎所以。你敢看那些负面评论吗?"

陆甘棠抿着唇看她,眼底的光黯淡下来。

她抓起包,含混地说了句"我走了",撞到桌角也没停留。

事实上,程晚舟第二天就觉得自己说话有些过分,想回头找陆甘棠道歉。她一大早赶去他的公寓,远远地看到他和一个瘦高的女孩从公寓楼里走出来,有说有笑。

那个女孩她认识,是同样冉冉上升的女歌手陈瑶。朝阳将他们的身影拉长,映在水泥地砖上。

程晚舟脚步一滞,全身的血液"唰"地冲上了头顶,让她头晕目眩。她闭上眼,深吸一口气,强迫自己转过身,一步一步离开。

所有预设好的对白化为泡影,她只觉得有块千斤重的铅块压在胸口,钝重地疼,让她难以呼吸。

程晚舟忽然想起,其实这些年陆甘棠从没有说过喜欢她,一次也没有,一切都是她的自以为是,她以为自己这样付出,一定能得到同样的回报。

可是,她想要月亮,最后却连星光都得不到。

7

后来的很长一段时间,程晚舟没再见过陆甘棠,他也没有联系她。关于他的消息都是通过媒体得知的。

他发行了第二张专辑,销量惨淡;他最近一场演唱会的门票卖不出去；他联合品牌营销，被爆出抄袭……

娱乐圈里新结识的朋友对他避之不及，陈瑶被媒体问起，也急忙撇清关系："我们只是普通朋友。"

程晚舟找到陆甘棠的时候，他已经在公寓里待了好几天了，窗帘拉得严严实实，屋里没有光，烟头、易拉罐、食品包装袋……一地狼藉。

程晚舟想拉开窗帘，陆甘棠用手去挡，她用力甩开他，"哗啦"一下拉开窗帘，又打开窗户。新鲜的空气飘进来，将房间里的烟味冲淡了些。

陆甘棠跌坐在沙发上，伸手摸过茶几上的烟和打火机，点燃刚要送到嘴边，被她一把夺过掐灭了："你去洗澡，我来做饭。"

他站起来，忽然问她："我是不是很可笑？"

"别管那些流言蜚语。"她说。

"如果传闻是真的呢？"他倚着墙，嘲讽地笑了。

那些传闻并非无中生有，譬如他的第二张专辑，少了程晚舟作词，一些歌曲流于平庸。刚积累的粉丝纷纷脱粉，演唱会的预售情况也一片低迷。

程晚舟侧过脸看着他，伸手拍掉他肩头的薯片碎屑，过了许久才说："是真的也没关系，我帮你。"

她炒了两道家常菜，两人默默吃完，她又简单地替陆甘棠收拾了房间，让他去好好睡一觉。

"醒来就没事了。"程晚舟临走时说。

她也确实做到了。几天之后，有新闻爆出，陆甘棠的演唱会将有国内顶尖的民谣歌手做演唱嘉宾，门票很快售罄。

演唱会顺利举行，和多年前一样，他站在台上，台下的女孩们

和着节拍，大声喊着"陆甘棠，陆甘棠"。

他的目光偶尔会从程晚舟所在的角落扫过，只是依然没有停留。

最挂念的是谁，睁开眼就想看到谁。

而她，不是那个谁。

散场之后，陆甘棠没有像往常一样跟工作人员一起去庆祝。他说自己有重要的事，直接离开了。他要送程晚舟回家，而这是他成名之后，第一次送她回家。

那天有暴雨预警，他们走到小区对面时，一阵疾风骤雨，让整个城市被大雨笼罩。

他把伞举在她头顶，自己的半边身体已经湿透了。

"我们先别走了，去旁边躲一会儿吧。"伞被狂风吹得飞起来，程晚舟看不下去了。

陆甘棠却露出一个笑容，眼睛弯弯的，说："还记得《大雨将至》吗？这么多年以后，我们也一起淋了一场大雨。"

"是啊，很多年了，可我现在更喜欢 Tempest（《暴风雨》）。"程晚舟垂下眼。

陆甘棠的脚步顿了一下："Tempest 啊，我也挺喜欢的。"

"你到底想问我什么？"程晚舟平静地看着他。

他请不到的演唱嘉宾，她请来了；他解决不了的黑料，她搞定了，她才更像一个在歌坛站稳脚跟的人。他之前也旁敲侧击地问过她，怎么跟人家结识的。她咬着唇，忽地笑了："你现在对我还了解多少呢？"

陆甘棠哑口无言。

她继续说道："如果我告诉你，你是不是还要我把他们引荐给你？"

她的音乐才华早已足够独当一面,词作者"晚舟"在流行乐坛已小有名气,其实她知道他的意图的。

可是,能一起冲锋陷阵、承受枪林弹雨的只是战友,因为没有人愿意将心爱的女生推出来。她对他的前程、名气至关重要,但也仅此而已。

陆甘棠说"谢谢",又说"对不起"。

程晚舟只是笑了笑,走到她家楼下,昏暗的楼道里,一丝光亮也没有。

他说:"我送你上去。"

她摇头:"不用了,就到这里吧。"

我们,就到这里吧。

8

2016年10月的某个深夜,程晚舟在睡梦中接到一个越洋电话,一道低沉的男声说:"鲍勃·迪伦获诺贝尔文学奖了。"

她没有说话,对方也没有,只有绵长的呼吸和秋夜的风声在听筒里回荡。

不知过了多久,对方挂掉电话,剩下无休止的忙音。

她清醒过来,猝不及防地泪流满面。

那是陆甘棠去留学的第二年,他终于肯面对自己才华有限的真相了。程晚舟选择留在国内,她拿了很多奖,成为乐坛炙手可热的词作人之一。

命运就是如此无常,她一路跟随陆甘棠来到音乐的世界,最后却只剩自己孤身往前冲。

她依然低调,没有绯闻,没有男友,但随便扯出一首歌,就可

能让不少人痛哭流涕。

有记者在采访中问她灵感来源。

"来自初恋呀,那些爱而不得的都是我。"她微笑着说,"那没什么好处,但赢不到一个人的心,足够支撑我一直写下去。"

一直写下去,直到送别过去的自己。